川柳旅日記

その一　東海道見付宿まで

山本光正

はじめに

日本人の多くが一年に何回も旅行に出かけるようになったのはいつの頃からであろうか。

筆者は都内の下町の小学校に通っていたが、高学年になるとかなり遠方にまで遠足に行くようになった。しかも父兄も一緒に。事実かどうか定かでないが、多くの子供達にとって旅行に行く機会は少なかったため、少しでも遠くへという配慮、そしてついでに親もということであったらしい。

海外旅行も当然のこととなった今は旅行全盛の時代である。日本各地も「町おこし」の名のもとに観光に力を入れており、日本国中総観光地化の勢いである。

二〇〇一年に、江戸時代の東海道が成立して以来四〇〇年を迎えると東海道沿線各地でイベントが開催され、旧道旅行も以前にも増して盛んに行われるようになった。TVでも著名人による旧道歩きが放映されているし、江戸時代の旅を題材とした小説や歴史書なども出版されているが、現代の観光旅行の源流は近世の寺社参詣の旅に求めることができる。

江戸時代の旅に関する研究は近年特に盛んになり、多くの研究成果が発表されているが、本書は江戸時代の旅の実態や、旅人がどのような事象に関心を持ったのか、どのような行動をしたのかを、旅日記と川柳から探ろうとするものである。旅日記は言うまでもなく、旅の様子を伝える第一級の史料である。しかし旅日記は人に読まれること、読んでもらうことを考慮して書いていることが多く、なかなか本音が見えてこない。これに対して川柳は本音を端的に表現しているので、この二つを組合わせて江戸時代の旅、特に伊勢参宮の旅を中心に述べていくことにしよう。

それにしても川柳の解釈は難しい。筆者は特に古川柳を学んだわけではないが、ついついその面白さに魅了されて本書を執筆してしまった。解釈の誤りもあるだろうが、歴史研究の一つの史料として川柳が多用されるようになればと思っている。また、本書を一読くだされば現在の観光旅行が、いかに江戸時代の旅をひきずっているかを理解していただけるだろう。

本書において引用した川柳は岡田甫校訂『誹風柳多留全集』（三省堂）に依った。一部そのほかの川柳集に拠ったが、その時は出典を記した。また、執筆にあたっては、岡田甫著『川柳東海道』上下（読売新聞社・昭和47・48年）及び江戸川柳研究会編『江戸川柳東海道の旅』（至文堂・平成14年）を参照した。

刊行されている史料の引用にさいしては、句読点をすべて読点とし、適宜読点を補った場合もあることを断っておく。

東海道各宿の挿画は宝暦二年（一七五二）刊の『新板東海道分間絵図』である。

目　次（その1）

はじめに

第一章　旅への誘い……1
一　交通網の整備……1
二　村々への情報の流入……6
1　宗教者達の活動　6
2　出版物による情報　9

第二章　江戸の行楽地と近傍への旅……17
一　江戸の行楽地……17
1　梅見　17
2　花（桜）見　20
3　王子の狐　22
4　汐干狩　23

5 紅葉狩 25
二 江戸近傍への旅……28
1 鎌倉・江の島方面 28
2 大山 33
3 成田参詣 38
第三章 東海道の旅……57
一 旅立ち……57
二 日本橋から箱根まで……65
1 日本橋 65
2 品川 68
3 川崎 78
4 神奈川 84
5 保土ヶ谷 90
6 戸塚宿 95
7 藤沢宿 98

8 平塚宿 103
9 大磯宿 105
10 小田原宿 115
11 箱根路 123
12 箱根関所 129
13 箱根 136

三 三島から府中まで……141

1 三島宿 141
2 沼津宿 148
3 原宿 152
4 吉原宿 157
5 富士川 159
6 蒲原 165
7 由比 168
8 興津 172
9 江尻 175

10 府中 179

四 丸子から島田まで……184

1 丸子宿 184
2 岡部宿 191
3 藤枝宿 192
4 島田宿 195
5 大井川 196

五 金谷から見付まで……203

1 金谷宿 203
2 日坂宿 208
3 掛川宿 210
4 秋葉山・鳳来寺への道 212
5 袋井宿 219
6 見付宿 220

川柳旅日記

その一　東海道見付宿まで

第一章　旅への誘い

一　交通網の整備

庶民が近在の寺社に参詣したり、気晴らしに日帰りで行楽に出かけることは、古くから行われていたと思われる。

伊勢参宮や熊野詣なども畿内を中心とした地域では江戸時代以前から行われていたが、遠国から多くの日数を費やして伊勢神宮などへ旅をするようになったのは江戸時代に入ってからのことであった。

庶民の長期の寺社参詣が可能になった最大の理由は江戸幕府が成立し、安定した社会が到来したことによるが、具体的には幕府による交通政策を挙げることができる。

徳川氏は関ケ原の合戦に勝利を得ると、翌年慶長六年（一六〇一）から東海道をはじめとする街道を掌握・整備した。その結果、特に重要な街道である東海道・中山道・日光道中・奥州道中・甲州道中は後年五街道と呼ばれるようになっている。

五街道は江戸幕府の直接支配下に置かれ、道中奉行の管理下にあった。五街道以外の街道は脇往還・脇街道などと呼ばれた。

五街道の起点は日本橋であるが、奥州道中は日光道中宇都宮宿から分岐するため、実際に日本橋から延びている街道は四街道である。

日本橋が五街道の起点であるということは日本全国の交通路の起点でもあった。

道法の惣元〆は日本橋　一四三17

諸国への追分にする日本橋　一二一28

諸国への追分、つまり分岐点ということである。

街道の拠点となる交通集落が宿場町である。宿場には人足や馬が用意され、旅人や物資の輸送にあたったが、輸送のことを継（次）立と呼んでいる。輸送の範囲は原則として隣接する宿場までで、それを越えて継立てることは禁止されていた。

東海道のことを東海道五十三次というが、「次」はこれに由来する。五十三次という語呂がよかったものか、東海道を「五十三次」とも呼ぶようになっている。

　不心中五十三次ぱつとしれ　四18

心中のやり損ないは江戸の場合日本橋に晒されるが、その情報は五十三次にすぐ知れ渡るということであろう。

　五十三次日帰りの御遊覧　一三〇31

　ふじをいけどつて御庭へ五十三　三一24・26

水戸藩邸や尾張藩邸内の庭園には東海道を模した作庭があったが、これなら東海道日帰りの旅も容易である。今も早稲田の都立戸山公園には尾張藩邸内に造られた標高四四・六メートルの箱根山が聳えて（？）いる。

宿場ごとに人足や馬を替えるのは面倒ということで、後年に至り宿場ごとに馬を替えずに旅を続けることができるようになり、これを通し馬と呼んでいる。通し馬の旅人はすぐにわかったようである。

　馬士の名を呼ぶのは通し馬と知れ　四35

雇主が馬方の名を呼ぶほどであるから、長い間旅を共にしていることがわかってしまうわけである。

宿場の中心は問屋場で、貨客の業務をここで行った。問屋場には宿役人と呼ばれる問屋・年寄をはじめ、宿場に雇われていた帳付や人足指・馬指・定使いなどの従業員がいた。

川崎の村役人から幕臣となった田中丘隅の著した『民間省要』によると、問屋は多忙を極め、問屋場に座していることなど稀で、帳付は「気転・目かね」の及ばざる者は役に立たない。「胴骨すハリて気強キ者ニあらすしては叶い難き」というほどの職であった。

問屋場の手代人ものみ馬も呑　六〇26

問屋場の手代＝帳付は人も馬も呑むような男でなければ、ということである。

宿場の第一の任務は公用旅行者に対し無賃あるいは安価な運賃で人馬を提供することであった。こうした負担に対し、宿場は一般の旅人や、商業物資の輸送、そして旅人の宿泊を認めていた。

宿泊施設には本陣・脇本陣・旅籠屋・木賃宿があったが、庶民が専ら利用したのは旅籠屋であった。

旅籠屋の草摺引きは七つ過ぎ　三八19

旅籠屋の客引合戦（草摺引）は午後四時過ぎ頃から開始される。

旅籠屋は旅客獲得のため食事の世話などをする飯盛女を抱えるようになるが、彼女達は客と一夜を共にするようになっている。幕府は当初飯盛女を置くことを禁止したが、その存在を容認せざるを得なくなっている。飯盛女を置いた旅籠は飯盛旅籠と呼ばれ、飯盛女を置かない旅籠は平旅籠と呼ばれた。多くの飯盛女を置いたことで知られるのが品川宿で、吉原に次ぐ江戸の遊所になっている。
宿泊の初期の形態といわれているのが木賃宿である。木賃宿は旅人が宿舎で食事を作り、燃料としての薪を購入し「木賃」を支払うというものである。しかし江戸時代も中後期に入ると、木賃宿＝安宿として定着したようである。そのため木賃宿を詠んだ句はどれもしみったれている。

行灯も寝ると居眠る木賃宿　九六1
ざんげ咄しに夜の更ける木賃宿　一三八9
面白い咄しは聞かぬ木賃宿　一五七27

夜の更けるといっても、木賃宿の行灯にたっぷりと油が入っていたわけはないだろう。灯りが消えれば就寝。それでも頑張って懺悔話となれば囲炉裏の周りでということになるが、どうあっても面白い話は出てきそうもない。目に浮かんでくるのはブツブツと深刻そうな顔をして懺悔話はするものの、反省した様子もない貧相な男の顔である。
ひとまず木賃宿のことは忘れよう。以上のように交通組織が整備されたことにより旅は容易になったわけである。

神徳の御蔭駅路に鈴の音　一一七6

神徳は徳川家康のことを指すのか、神様そのものを指すのかは判断に苦しむが、治安維持も含めて安心して旅ができるようになり、街道筋には馬の鈴音が高らかに響き渡ったのである。

二　村々への情報の流入

1　宗教者達の活動

交通網の整備は人・物の移動にとって最も重要な要件ではあるが、多くの人々が楽しみとしての旅に出るには、旅をしてみたい、諸国を自らの耳目で見聞してみたいという好奇心や、旅心をかきたてる原動力が必要であった。それはまだ見ぬ諸国の情報に触れることである。交通の整備をハードとすれば、情報はソフトということになるだろう。

諸国の情報を村々へ伝えたのが御師と呼ばれる宗教者や行商人・旅芸人達であった。特に御師の影響は多大であったと思われる。

御師は御祈禱師の略称で、平安時代中頃から寺院で祈禱を行うようになり、熊野・岩清水八幡宮・加茂・日吉の各社などで祈禱を行う神官も御師と呼ばれるようになった。当時代表的な御師は熊野御師で、御師と参詣者の間には御師を師、参詣者を檀那とする師檀関係が形成されるようになった。

鎌倉時代末期頃から伊勢の御師の活動が活発になり、御師自ら檀那のもとを回って祓・大麻（伊勢神宮のお札）を配布し、師檀関係を強固なものにしている。近世に入ると熊野の御師は衰退するが、伊勢は急速に発展し、御師は近畿を中心に全国に伊勢講を結成させている。

伊勢以外にも出羽三山・相模大山・江の島・武蔵御嶽・富士山・身延山・信濃善光寺・尾張津島神社・立山芦峅寺・加賀白山・近江多賀神社・山城愛宕山・高野山・豊前英彦山等々の御師もよく知られている。時代が下るにつれ御師は参詣者の宿泊を受ける宿坊としての性格を強く持つようになっていった。

一人でも多くの参詣者を集めるため、お札を配るために御師達は村々を巡ったが、彼らは自らが属する寺社の霊験あらたかなこと、道中の楽しさ、珍しい話を語って聞かせたことだろう。

川柳に登場する御師のほとんどは伊勢の御師である。

書判の請取を出す伊勢の御師　二六32

受取りに判を押すのではなく、さすがは伊勢の御師だけあって書判（花押）を書いている。

伊勢の御師といえば「伊勢暦」を配付することでも知られている。伊勢暦は戦国時代頃より伊勢の暦師らが出版した暦で、伊勢の御師が大麻と共に各地に頒布した。

開くにも拝むさまあり伊勢暦　一六四14

伊勢暦は折本仕立のため、開く時に経典でも読むように見えたのだろう。

伊勢暦太々と書く三ヶ日　五三18
伊勢暦ひのへをさがす爪の先　一一〇2
伊勢暦見て売居を買に出る　一一三32

御師であっても経済状態の厳しい時もある。

上下で泣事をいふ伊世の御師　八25

恐らく諸々金がかかるもので……と檀那に訴えているのだろう。川柳にかかっては御師もカタなしである。

千葉県勝浦市に寄託されている『江沢日記』によると、文久三年（一八六三）三月二十七日相州大山の御師の妻が幼い子供を連れて訪れ、類焼のため難渋しているので合力をしてくれるよう依頼している。

伊勢の御師扨銭の無いさかりに来　五12

世の中とかくこんなものである。

2　出版物による情報

さまざまな出版物も村々に情報をもたらしてくれた。各種出版物のなかでも紀行文や道中案内などの地誌類は諸国の情報や旅の面白さを伝えてくれるものである。

出版活動が盛んになるのは江戸時代も半ばを過ぎてからのようだが、比較的早い時期に出版され好評を博したものに浅井了意の『東海道名所記』がある。万治四年＝寛文元年（一六六一）頃の刊行とみられているが、本書は十返舎一九の『東海道中膝栗毛』にも影響を与えたもので、純粋な紀行文とは言い難いが、江戸時代前期の旅の様子を伝えてくれるものである。しかし当時の出版状況等からみて、『東海道名所記』が広い層に読まれ、影響を与えたというものではなかったろう。

旅に関係する出版物が広く読まれるようになるのは、貝原益軒の一連の紀行集、道中記＝旅行ガイドブックが出版された頃からであろう。この頃になると道中記が盛んに出版されるようになるが、ここでは益軒の著作についてみていこう。

益軒が著したのは元禄九年（一六九六）刊『大和めぐり』・正徳三年（一七一三）刊『諸州巡覧記』・『木曾路之記』、正徳四年刊『東路之記』である。

紀行文と道中案内を兼ねた内容で、たとえば『東路之記』の巻末には次の宿までの距離と駄賃・人足賃や問屋・本陣の名前などが列記されている。益軒のこれらの著作は写本も伝わっているので、広い層に読まれたものであろう。

一方、道中案内は年を追うごとに各種出版されるようになり、一枚刷のものまで含めたら、近世を通じて出版された道中記の量は膨大な数量に及ぶであろう。元禄三年（一六九〇）から同五年まで日本に滞在したケンペルは、

われわれが進む街道筋の群衆は、取るに足りない小売商や農家の子供たちで、その数はかなり多く、夜が更けるまで歩きまわっている。彼らは旅行者につまらぬ品物を売りつけようと、山と積んでいる。

と記し、売りつける品物の一つに「印刷した名所案内・道中記」を挙げている（『江戸参府旅行日記』平凡社東洋文庫）。どの程度の内容かは別として、元禄初年に街道筋では名所案内や道中記が日常的に売られていたことがわかる。

一七〇〇年代の後半に入ると、写実的な絵と文で街道や各地を紹介した「名所図会」という新しい分野の地誌が出版されるようになった。名所図会を初めて著したのは秋里籬島で、安永九年（一七八〇）『都名所図会』を刊行している。以降刊行された主な名所図会は次の通りである。

書　名	刊行年	編著者
大和名所図会	寛政三年	秋里籬島
住吉名所図会	寛政六年	秋里籬島
伊勢参宮名所図会	寛政九年	蔀関月

東海道名所図会	寛政九年	秋里籬島
木曾路名所図会	文化二年	秋里籬島
鹿島名所図会	文政六年	北条時鄰
江戸名所図会	天保五～七年	斎藤月岑外
厳島名所図会	天保十三年	岡田清
金毘羅参詣名所図会	弘化四年	暁鐘成
善光寺道名所図会	嘉永二年	豊田利忠
西国三十三所名所図会	嘉永六年	暁鐘成
成田名所図会	安政五年	中路定俊外

名所図会の成立により、写実的な各地の風景画・風俗画が村々に入り込んできたのである。ところで出版物は誰もが購入できるというものではなかった。名主や村の素封家が買い求め、何かの折りに村人に見せたり、貸本屋から借りて読んだりしたのだろう。

江戸砂子振るひ直した名所図会　一六三7

名所図会の系譜は『京童』や『江戸雀』に求めることができるが、ここでは『江戸砂子』を振い直して

「名所図会」が出来あがったと詠んでいる。ここでいう名所図会とは『江戸名所図会』のことである。

　江戸名所図会長谷川の大仕掛　一六三4

長谷川とは『江戸名所図』の挿絵を描いた長谷川雪旦である。本図会は斎藤幸雄・幸孝・幸成の三代にわたって編纂されたもので、名所図会中の白眉といえる。現在でも東京の歴史散歩には欠かせないものである。

旅に出るのが億劫な人、旅費がない人は、

　頬杖で路金入らずの名所絵図　一〇八24
　頬杖で行脚の出来る名所図絵　一三七31

文を読み絵を見ているだけで旅をしているような気分になれるわけである。名所図会は寺社・古跡・名所等々の由緒来歴を記し、そのところに因む和歌も掲げられている。

　和歌の道にもつまづかぬ名所図画　六四8

名所図会を読んでいれば自ずと和歌の道にも詳しくなり、山吹を差し出されても「歌道に暗い」などということもなくなるわけである。

頬杖で居眠る和歌の旅づかれ　六一1

名所図絵眼も草臥る歌修行　一三〇33

歌道に明るくなるのは大変である。そのうち当然眠くなってくる。そこで今日はこの辺りでやめようということになる。

読みあきた枝折は泊り名所図絵　一二〇31・34

名所図会の旅は枝折を挟み、本を閉じるのが「泊り」である。本の世界では東海道も中山道も数日で旅することができるが、本を出版するまでは日数もかかる。

はか取らぬ道板木屋の名所図絵　一三六30・34

一枚彫るのにどのくらいの時間を要するのかはわからないが、実際に街道を歩くような速度で彫ることなどできやしない。本書も数時間あれば読み切ってしまうだろうが、本ができるまでの時間というか速度は世界一周徒歩旅行といったところである。

名所図会ではないが、人によっては辛い道中記もある。

細見は貧な娘の道中記　一四六13・21

ここで言う細見とは吉原細見のことで、貧しい娘にとっては地獄の道案内になってしまう。次第に旅に関する気軽な読み物も出版されるようになるが、その代表が十返舎一九の『膝栗毛』シリーズである。一九は享和二年（一八〇二）『浮世道中膝栗毛』を、翌年二編『道中膝栗毛』、文化元年（一八〇四）から六年にかけて三～八編『東海道中膝栗毛』を、そして文化十一年に発端を出版した。書名は統一していないが、総称して『東海道中膝栗毛』の名で知られている。

東海道執筆後も『金毘羅参詣』・『宮嶋参詣』・『木曾街道』・『善光寺道』・『上州草津温泉道中』・『中山道』を執筆刊行し、最終巻の出版が文政五年（一八二二）であった。実に二一年の歳月を費やしたわけである。『膝栗毛』ほど旅の魅力を面白おかしく紹介した本はこれまでなかったため、人気は相当のものであった。

膝栗毛はねて一九はおちを取り　　四八29・33

膝で旅したは喜太八弥次郎兵衛　　八六31

天保年間（一八三〇～四三）には、思わず旅に出たくなるような錦絵が出版された。歌川広重の「東海道五十三次続画」である。これを見た人々はその美しさ、旅の様子に魅了されたことだろう。遊びの中にも旅や東海道は入り込んでいる。

すや〳〵と子は双六の旅労れ　一六二2

春の内五十三次子は歩行　七六29

さまざまな出版物はまだ見ぬ地のことを微に入り細をうがち伝えてくれたわけである。旅に出た人は各地の寺社の由緒書や史跡名所の絵を土産に持ち帰り、旅の思い出を語ってまた新たな旅人をつくりだしたのである。

第二章　江戸の行楽地と近傍への旅

一　江戸の行楽地

本格的な旅に出る前に、足馴らしとして江戸の行楽地と近傍の旅を楽しむことにしよう。ここでいう行楽地とは日帰り、またはせいぜい一～二泊程度の遠出のことであるが、行楽のほとんどは「四季を楽しむ」というものであった。

1　梅見

まず一月は梅見である。梅の花を愛でるところとして江戸の人々に最も人気のあったのが、亀戸天神近くの梅屋敷で、ここの臥龍梅は江戸第一の名木であったという。

臥竜梅見てめうけいをたくむなり　二二1

臥竜梅から東南の風も吹き　八八1

亀戸天神は鷽《うそ》かえの神事でも知られている。『東都歳時記』によれば、太宰府天満宮で行われていたものを、亀戸天神でも文政三年（一八二〇）より行うようになったという。一月二十四～二十五日の両日が神事の日で、参拝者は木製の鷽を求めるが、鷽は悪事を善事に替えてくれるという。

亀井戸のうその初めは玄蕃猿　九六17

鷽かゆる袖にも神の梅かほり　一〇一38

玄蕃猿とは、久留米藩有馬玄蕃頭の江戸屋敷の下人が、疱瘡除けとして売り出した木製の猿のことである。

東海道沿いの梅見の場としては大森の八景園、蒲田の梅屋敷などがあり、さらに足をのばせば杉田（横浜市磯子区）の梅もあるが、杉田となれば泊りがけということになる。

杉田道ふくいくとする春のたび　八八14

本牧の鼻へ杉田の梅かほる　六〇17、八九14

もちろん江戸の近場にも梅見の場所は数々あるが、なかでも文化元年（一八〇四）に開園した隅田川沿いの鞠塢《きくう》新梅荘（向島の百花苑）は手近なところとして知られていた。しかし時間にゆとりのある人は、しばし江戸を離れて旅の気分を味わったのだろう。

梅見は『絵本江戸風俗往来』によると、

とかく雅人・粋人・隠士の外は行かざる梅園、梅には梅に相応せる人品のみ、されば俗を離れて造る園林、園主も利欲を貪るの念なきを知られ、静閑にして別天地、自然名句秀吟のあるも理なり、また園中の客若年の人絶えてなきは、この頃の風習、若年より梅屋敷など愛して何かせん、

ということで、梅見には文人や隠居が訪れ、若者達は爺むさい梅見にはあまり興味を示さなかったようである。

明治に入ってからのことだが、鶯亭金升は『明治のおもかげ』の中で、若き日に梅見に行ったことを記している。

先ず待乳山の下から渡し船に乗って向島へ渡り、百花園の梅を訪《おとな》い「春もや丶景色と丶のふ月の梅」の碑を見て好い心持になり、床几に腰を落着けて甘露梅を摘まみながら渋茶を呑み、駄句を吐いて木下川の梅屋敷へ廻る。それから田圃を越して小村井の梅を探り亀戸の臥龍梅へ行く。此処では梅の花漬を入れた湯を出すので弁当を開く下戸もあり、瓢《ひさご》を空にする上戸もあり、これで一日うかうかと暮らすのだが、田圃を歩いた面白さが今も目に残っている。この道で亀戸の方から向島へ来る連中に行

違うのが面白い。「そちらの梅はどうです」と尋ねられ、知らぬ人も百年の知己の如く「三分通り咲きました」とか「何処の木が咲き始めました」とか叮嚀に答える。また向うの人も今見て来た梅の話をして即吟の句を見せるやら、洒落を交換して別れるもあり、団子と玉子を交換するもあり、どれもこれも気楽な連中だ。こんな人たちがゾロゾロ来るのだから興味が深い。

見知らぬ同士が話をするなど、当時の梅見の様子をよく示している。往古、花見といえば梅を愛でることであったが、次第にその座を桜に譲り渡し、今では往時の勢がなくなってしまった。

2 花（桜）見

梅が終われば言うまでもなく桜である。江戸の桜の名所は昔も今も上野である。昔と今で異なるのは場所取りをして飲めや歌えのドンチャン騒ぎの出来なかったことである。山内禁酒の地ということで、婦女子や老人も安心して桜を見ることができたというが、酒を飲んでいる事例もあるという。

上野山内には、江戸時代の初めには藤堂高虎の屋敷があったことから次のような句が詠まれている。

藤の咲く時分は花の山でなし　二二27

花の山むかしはとらのすみかなり　一一33

上野の山は江戸の鬼門にあたることなどから寛永寺が建立されたが、山内が花の山になると、

花の山鬼の門とはおもはれず　二23、六七24

という程になった。春というのは気分も高揚し、まして桜の下に居ればそれは倍増する。上野の山内でもつい一杯やりたくもなるだろう。

花の山此瓢たんはむま印　九七15

たとえ瓢の中に酒が入っていようとも馬印なのである。花見は庶民にとっても最大の行楽の一つであった。長屋の男連中が玉子焼に見立てた沢庵漬でも持って花見に行こうという時に、

花を見る面かと女房過言なり　二九33

などと言われたら、

花が見たくば吉原がいっちよし　六〇34

上野で満足に飲み食いができないというなら飛鳥山である。飛鳥山の桜は徳川吉宗の命により植えられたという。

植給ふ桜も花の王子道　一〇九6・18

花にたはむれ芝に伏す飛鳥山　七七2

飛鳥山は高台で眺望もよく、近くには王子稲荷もあるため、桜の季節に限らず江戸の人々にとっては手頃な行楽地であった。

村出逢ひかわらけを割る飛鳥下　一六七6

飛鳥山は高台であるため、かわらけ投げに興ずることができたが、山の下にはかわらけが散らばり、農民はそれを踏んづけて歩くことになる。

3　王子の狐

王子といえば王子権現と王子稲荷である。江戸を表現する一つに「伊勢屋・稲荷に犬の糞」というのがあるように、江戸には稲荷を祀った神社や祠が数多くあり人々の信仰を集めていた。そのため信仰と行楽を兼ねて王子稲荷へ参拝に来る人々も多かった。

初午に登山飛鳥と浅香山　一〇九20

初午はお稲荷さんにとって最大のイベントであり、初午にあわせて浅香山＝紅梅を見に行くということである。しかし油揚げをつくる王子の豆腐屋は大変である。

王子の豆腐屋赤犬に油断せず　一〇九31

赤犬と思ったら狐、あっという間に油揚げをさらわれてしまう。

王子はお狐様にとって特別な地であった。毎年十二月の晦日になると、装束榎に諸国の狐が集った。『江戸名所図会』によると、地元の農民は群集した狐の燈す火影により、翌年の豊凶を占ったと伝えている。

装束の榎も年の一里塚　七九21乙

装束でたくは王子の篝の火　九二21・26

装束榎白鳥も来てやすみ　一一八5

4　汐干狩

桜の花も散り、日一日と暖かさも増してくる頃になると汐干狩である。『絵本江戸風俗往来』には以下のように記されている。

三月三日は例年、海上大汐干潟となる。故に深川の洲先、品川の海上に汐干狩に出づるもの少なからず。蛤を拾い、貝類をあさりし人を遥かに望めば豆人の如く、まして品川の海畔、高輪通りは、参勤交代の大名方の荷物の往返、長持歌の声面白く、同じ時節のこととて、これまた一興の風景なり、

汐干狩ぬれ手で安房や上総見る　八四2・4

袖が浦裾をかゝげて汐干狩　八四4

貝を探るだけではなく、うまくすれば、

汐の引く砂に鰈の鼻平太　一〇八5

であり、一生懸命貝や魚を探していれば、浮世のウサを忘れてしまう。

汐干には内の苦労もわすれ貝　八〇1

しかし亭主だけが汐干狩を楽しんでいると、

汐干には留守をねらって貝をとり　八〇28

楽しい汐干狩も潮が満ちてくればおしまい。

汐みちて舟をはやめの御凱陣　八五16乙

5　紅葉狩

夏も過ぎ秋風も冷たくなる頃になると、紅葉の季節である。近場では上野や谷中天王寺・根津権現、少し足をのばして王子滝野川・品川海晏寺・高田馬場の穴八幡・大塚護国寺・新宿角筈の十二所権現・目黒祐天寺などなど数多いが、梅と同様、紅葉は風流人の好むところであった。酒を飲むにも林間に紅葉を焚いて酒をあたためるというほどである。

紅葉を焚てぱつとした酒の燗　六二13、七三22

紅葉する山を夕日の二重染　一四一10

出雲に旅立つ八百万の神々も仕度を始める。

紅葉せし間に〱神の旅仕度　一〇二32

紅葉の中で旅仕度とは洒落ているが、亭主や息子が紅葉狩りに行くのは、女房や親が喜ばなかったようである。

紅葉狩どっちへ出ても魔所斗　三6

紅葉の名所に品川の東海寺や海晏寺、吉原近くの正燈寺があるが、品川宿・吉原共にその名を知られた遊所であり、紅葉などほんの添えものになってしまう。

正灯寺うれ口のよいもみぢなり　二三34、三一11
もみぢ乱れて品川へ流るめり　二九9
紅葉狩今ははんにやが内でまち　五七26
紅葉狩女房忽ち角がはへ　六四21

梅・桜・汐干狩・紅葉狩、これは江戸の人々の行楽のほんの一部であり、実際には多種多様な行楽があった。こうした行楽地を巡っていたら足馴らしどころか疲れきってしまうので、江戸の行楽地を概観だけしておこう。

江戸の行楽地の多くは江戸城から東京湾にかけての地域に集まっていた。それは江戸の人々そして日本人の風景観によるものであろう。

日本人の多くは風景の中に水と山を求めたが、江戸であれば水辺の風景といえば隅田川、そして東京湾である。東京湾は房総半島が主となって湾を形成しているため、いかにも江戸前の海という景観を作り上げている。そのため房総は江戸の人々にとって身近に感じるところであり、川柳にも随分と取り上げられている。

上総迄きこへる江戸のうなりごへ　三三31
神鏡へうつれば近き安房上総　七〇12
汐干狩ぬれ手で安房や上総見る　八四2・4
木枯に鋸山も葉がこぼれ　一〇四40
見通しへ上総戸建る袖ケ浦　一三一11
切れ〴〵に鋸山の夕がすみ　一五九13

「江戸のうなりごへ」というが、唸り声をあげられるのも房総のおかげである。房総からは大量の薪炭や食料等の消費物資が江戸に運ばれている。特に生魚は新鮮であることが要求されるため、スピードの出る押し送り船で江戸まで運ばれた。

江戸の土ふまずに戻るおし送り　一二41、一二二別15
おし送りねたりおきたりこいで来る　一七12
おし送り日本と江戸の間へ来る　二三41

水に対して、山は富士山と筑波山である。

不二山も駿河はあまり舞台際　一五一10・37

紫でみる薄雲の遠筑波　一〇〇136

駿河の富士山は芝居をかぶりつきで見るようなもの、江戸で見るのがちょうどよい。筑波山もまた江戸で見るからこそ薄雲の中に遠く見える筑波が素晴らしい。何とも都合のよい解釈ではあるが、両山は房総半島・東京湾と対になり、箱庭的風景を作り出している。こうした富士山や東京湾をよりよく眺めることのできたのが、富士見坂・汐（潮）見坂であった。

二　江戸近傍への旅

1　鎌倉・江の島方面

日帰りまたは日帰りの延長線上にあるような宿泊は「旅」とは言い難い。きっちりと草鞋を履き、江戸を離れたという意識を持ってこそ旅ということができるだろう。

江戸近傍の旅先を代表するのが鎌倉・江の島・大山・成田、そして富士登山である。いずれも信仰がその基盤にあるが、より強い信仰心を満たすためには観音霊場を巡る坂東札所や秩父札所などがある。このほか高尾山や御岳山、霊場巡りとしては四国八十八ヶ所のミニ版新四国八十八ヶ所などがあった。

鎌倉への旅は金沢八景や江の島をセットにして行われることが多かった。鎌倉は源頼朝が幕府を開いた地であり、鶴岡八幡宮・建長寺・円覚寺・東慶寺などの古刹が数多くあり、旅人向けの案内図や案内記も出版されている。しかし川柳は辛辣である。

　京都から見ればかまくら赤子也　一四10

思わず「そりゃぁそうだろう」と言いたくなる。

鎌倉は武士が馬で遠乗りをするところであったが、鎌倉時代であれば、

　鎌倉時代浅草へ遠馬なり　七九23

ということになろう。さらに江戸ッ子、江戸ッ子と言うが、

　鎌倉時代江戸ッ子も田舎もの　七四27

江戸から鎌倉に達するには保土ヶ谷・戸塚から東海道を左折するが、保土ヶ谷経由であれば金沢八景を眺めて鎌倉に向うことができる。

金沢八景は日本における八景の祖ともいうべき近江八景を模したものであり、近江八景は中国瀟湘省の

八景にならったもので、一五〇〇年頃に成立したようである。金沢が風光明眉の地であることは古くから知られていたが、元禄七年（一六九四）頃この地を訪れた心越禅師という僧が能見堂からの眺望を八景として漢詩に詠んだことから評判が高くなったという。金沢八景は洲崎の晴嵐・瀬戸秋月・小泉夜雨・乙艫帰帆・称名寺晩鐘・平潟落雁・野島夕照・内川暮雪である。

金沢八景加州だと知ったぶり　九六36

金沢といえば加賀国と早とちりである。

金沢の入江にひゞく称名寺　一五一34

称名寺は北条実時が建立した真言宗の寺で、境内には貴重な典籍を蔵する金沢文庫がある。

金沢で文庫を捜す旅日記　一四四16

八景は時代が下るにつれて日本各地につくられ、八景文化とでも言うべき現象をもたらしている。

江の島は相模湾に浮かぶ島である。現在は橋を渡って島に達するが、昔は渡し船を利用するか、干潮時に現れる砂洲伝いに歩いて島に渡るかであった。江の島は古くから弁天信仰で栄え、今なお観光地、そしてマリンスポーツの地として人気を集めている。

江の島はうい物という旅でなし　二六35

江の島はゆふべはなしてけふの旅　四33

江の島への旅は何も心配することがない。夕方仲間が集まって「どうだい。明日は江の島へ行こうか」そして翌日出発という気軽な旅であった。そのため、

江の島はなごりをおしむ旅でなし　九25

名残りを惜しむ旅ではない。また来ればよい。

江の島で一日雇う大職冠　一15

大職冠藤原鎌足は中国の皇帝から贈られた玉を竜宮に奪われたため、志度の海女にこれを取り返させたという伝説がある。懐具合のよい人は江の島で一日海女を雇い、サザエやアワビを採らせたのだろう。

江戸から箱根の間には多くの行楽地や寺社がある。江の島はそのついでに立ち寄るところでもあった。

江の島へ硫黄の匂ふはけついで　一24

箱根辺りの温泉で湯治をしていた人が、帰路江の島に立ち寄ったのだろう。

江の島へ座頭一夜で願ほどき　七〇23

江の島は目の不自由な人々の信仰も集めた。鍼術を広めた杉山検校和一は江の島弁天に参籠断食して管と針を授かったと伝えられ、彼は関東総検校の座にまで上り詰めた。彼はそれに報いるため下之坊の社殿を改修し、護摩堂・三重塔を建立している。

江の島は弁天様ということで、技芸の上達を願う女性達の信仰をも集めたが、弁天様が女神であり、その使いが蛇であることから、その川柳も想像がつこうというものである。

江の島へおどり子ころび〳〵行　一六1
弁天を唐のおくさまだとおもひ　三四13
江の島で蛇かとをがむ腐れなわ　八八13
弁天を大黒にし又布袋にし　一〇六17
江の島へ娵渡程大さわぎ　一二四別34

楽しく遊んだ江の島土産は貝細工。

江の島のしゃれた土産は貝屛風　五〇23

遊人の亭主は土産を買っていかないと勘繰られてしまう。

江の島の十里こなたに三日居る　八40

江の島へ遊びにという口実で、品川辺りで遊ぶ連中も随分といたのだろう。せっかくの貝細工の土産も友達に冷やかされることがある。

弁天の貝とはしゃれたみやげもの　一4・四八24

2　大山

海の江の島に対して「山」は大山である。大山は江戸から直線距離にして五六キロ前後、標高一二四五メートルの山である。阿夫利山と呼ばれていたが、雨降山とも呼ばれるようになり、雨乞いの山として農民の信仰を集めたが、大漁祈願の漁民や商売繁盛を祈願する人々で賑わった。

大山の石尊社に参拝できるのは六月二十七日から七月十七日までの間で、これ以外の期間は本社入口の木戸が閉じられていた。開山初日にこの木戸を開けるのは江戸小伝馬町のお花講の人々であった。大山に限らず寺社参詣の多くは講中の人々によって行われたが、大山講は関東に留らず、福島・新潟・長野・静岡・山梨にも及んでいた。

大山の川柳については安藤幻怪坊編『川柳大山みやげ』（昭和二年刊。昭和三十二年に岡田甫補訂で有光書房より復刊）があるが、本書もこれによるところが大きい。

大山といえば良弁上人である。

良弁の一つ身鷲の爪のあと　一〇五5甲、一二八2

大山寺は天平勝宝七年（七五五）に東大寺別当良弁によって開山された。平安時代に入ると修験道の影響を受け、僧侶・神官・修験者が運営に携わるようになった。

開山の良弁は鎌倉の由比の名族染谷時忠の子であったが、赤子の時金鷲にさらわれて奈良まで運ばれ、義淵僧上に助けられ名僧になったという伝承がある。鷲にさらわれた良弁は、一つ身（赤子の着物）には疵があったものの、身体には疵一つなかったという。

せん垢離の御利生みんなちゞこまり　一一一37

さがみまできこへる程にこりをとり　一八12

大山参詣者は大川＝隅田川で千垢離をし、身心を清めるのが習わしであった。垢離をするのは両国橋の向う詰めで垢離場と呼ばれた。垢離をする人達は手に藁しべを持って声高に祈念し、これを水中に投じ流れれば吉、漂えば凶とした。

いよいよ大山へ旅立つが、江戸から大山への道は東海道戸塚宿の手前の柏尾村から伊勢原・大山に達する道、藤沢・平塚からの道と、江戸から三軒茶屋・溝の口・長津田を経て伊勢原から大山へ達する道などがあった。

納太刀九紋竜がひつかつぎ　一〇〇144

木刀のづぬけおやぶん持て居る　一五7

大山参詣者は木刀を奉納し、ほかの人が納めた木刀を持ち帰るという風習があった。倶梨迦羅紋々の威勢のいいのが木刀を担ぐかと思えば、親方は面子にかけて大きな木刀を奉納している。深刻というか、とんでもない理由で大山参詣に来る人達もいたようだ。

十四日すへは野となれ山へたち　四八24・26

借金がみぢん積て山へ逃げ　五三6

江戸時代の支払いは盆と暮に行われるが、どうにも金の工面がつかない連中は大山に逃げだしてしまう。家に残された女房は大変である。

とゝをは山へかゝあは内でいゝわけ　一八15

大山参詣の時期は宿場側も書き入れ時で、猫の手も借りたいほど忙しい。

盆山は宿屋の下女も八ッ天狗　一五四15

八天狗とは『川柳大山みやげ』によると、愛宕栄術太郎・鞍馬僧正坊・比良次郎坊・飯縄三郎・大山伯耆・彦山豊前房・大峰善鬼・白峰相模坊を指すそうだが、とにかく忙しい状況のことである。

大滝で根生骨の丸あらひ　一一32・33・35、一六〇30
おかしさは間男山で身の懺悔　一三四26
さんげ〳〵借金で参りました　二四27甲
さんげ〳〵藤沢であそびました　一九11

頂上の本社に参詣するには大滝で垢離をとり懺悔しなければならなかった。それにしても登山する前に「藤沢で遊ぶな！」と言いたくなる。

なんとか参拝を済まして山を下り帰路に着くが、精進おとしと称して藤沢や江の島で遊んでいく連中も多かった。

　こわい物なし藤沢へ出ると買い　一四15

寄り道をしようがまっすぐ帰ろうが、妻子がいれば土産の一つも買っていかなければならない。大山土産として知られるのは挽物細工の櫛や玩具の臼や笛、さらに大森の蒿細工や玩具の槍などであった。

　山帰りあたり近所は笛だらけ　一五5、一三九40

　町人も鑓で振込む山がえり　四六8

大山講は関東とその周辺に及んでいたが、江戸近傍の人々、たとえば千葉や埼玉の人々は大山と富士登山をセットにし、さらに幾つかの寺社参詣を兼ね合わせた旅をしていた。ここでは武蔵国高麗郡大塚野新田（現埼玉県鶴ヶ島町）の馬橋保敬が書き残した「坂東相模八ヶ所并富士山附大山寺道中記（『鶴ケ島町史』近世史料編Ⅳ）により、大山・富士登山の様子をみてみよう。

保敬の旅日記では何人で旅に出たかは不明だが、一人旅ということはなかったろう。

出発は天保四年（一八三三）六月二十三日。二十五日に甲州道中猿橋に至り、谷村より吉田へ入っている。一行は山仕度をして登山を開始し、二十六日に八合目に泊っている。翌日山頂に達し、それより須走口に下り、矢倉沢往還の矢倉沢に泊っている。

二十八日は道了尊の名で知られる最乗寺、坂東札所五番勝福寺、同七番光明寺を巡って大山の御師宅泊。

二十九日に大山に登り、それより坂東札所六番長谷寺、七月一日は藤沢に泊って二日に遊行寺を参詣して江の島に向っている。それより坂東札所四番長谷寺、同三番安養寺、同二番岩殿寺、同一番杉本寺、鶴岡八幡宮、坂東札所一四番弘明寺を巡り、保土ヶ谷に泊まっているところで日記は終っている。恐らくこれから江戸を見物して帰ったのであろう。

保敬の旅の行程からもわかるように、江戸近傍の人々は富士山だけ、大山だけを目的とする旅ではなく、可能な限り寺社や名所旧跡に立ち寄ったのである。特に坂東札所は全行程一三六〇キロメートル余もあり、一度にすべてを回るのは大変であったため、機会あるごとに参拝するのが一般的であった。

このような旅が可能であったのは、近世の旅は歩いての移動であったからである。鉄道が発達すると目的地へ直行するようになり、その間は省略されていくことになる。旅の消滅である。

3　成田参詣

①成田山新勝寺

江戸から至近の地にある寺社参詣地の一つとして人気を博したのが、千葉県成田市の成田山新勝寺である。新勝寺は今も「成田山」と親しみを込めて呼ばれ、初詣の人数は関東屈指である。現在では京成電鉄・JR総武線を利用すれば都内からは楽に日帰りのできる参詣地であり、江戸時代でも二泊程度で江戸・成田を往復することができた。

大山は千ごり成田は十六里　　一二六68

大山登山のためには千垢離をしたが、成田はその必要がない。一六里歩けばよいだけである。千垢離の行の大変さを千五里としたのだろう。

成田山は天慶三年（九四〇）の開基と伝えられている。当時関東一円は平将門の乱の最中であったが、この年平貞盛・藤原秀郷らにより将門が滅びると、成田に堂宇を建立し不動明王像を安置したのが新勝寺のはじまりという。

新勝寺は戦国期に本堂を失って以来、久しく再建されなかったが、十三代貫主宥澄上人の時、明暦元年（一六五五）にようやく再建された（現薬師堂）。十五代宥慶上人は本堂が手狭になったためか、新本堂の建立を発願している。

宥慶上人はこの宿願を果すことができず、十六代照願上人の時に本堂建立に着手したが、元禄十三年（一七〇〇）に遷化したため、事業は中興第一世照範上人に引き継がれた。

元禄十四年三月に本堂（現光明堂）が完成し、十月八日に落慶供養が行われている。照範上人は布教活動の一環としてこの年の三月二十四日から四月二十三日にかけて本尊の開帳も行っている。この開帳により上総・下総・常陸から人々が群をなして参詣にやってきたといわれている。

成田山の開帳は元禄以降江戸時代だけでも八回行われているが、元禄十六年には四月二十七日から六月二十七日まで深川永代寺の八幡社内で出開帳も行っている。これを機会にこの地に本尊の分霊を勧請し「成田山御旅所」としている。これが成田山深川不動堂のはじまりである。出開帳も元禄以降一二回も行われている。

開帳のしばらくの有る成田山　三八3

布教活動に尽力した照範上人はまさに中興の祖にふさわしい人物であった。

成田山が人気を博したもう一つの要因は成田山と市川団十郎の関係である。初代団十郎は子供に恵まれず、成田山に祈願したところ、元禄元年十月十一日男子が誕生した。二代目団十郎である。

当然団十郎の成田信仰はより一層厚くなり、元禄八年七月には江戸の山村座で「一心二河白道」を上演して成田不動明王に扮し、屋号も「成田屋」としている。以降歴代団十郎は成田山を信仰し、団十郎襲名の時は成田で「おねり」をしている。近年では市川新之助が海老蔵襲名の時、平成十六年四月四日成田でおねりを行い、二万五千人余の人々を集めている。

改名をして成田屋は出開帳　一二三77

市川流でにらんでる成田山　一一九20

照範上人の布教活動と団十郎の信仰が重なれば、否応なく多くの参詣者を集めただろう。

②成田への旅

江戸から成田へは幾つかのルートがあった。代表的なものは日光道中千住宿から新宿を経て小岩に至り、小岩・市川関所を通過して江戸川を舟で渡って下総に達する佐倉道。江戸から逆井の渡しを渡って小松川から小岩に達する元佐倉道。江戸小網町の行徳河岸から行徳船を利用して行徳に達する三ルートである。

佐倉通

佐倉道は千住―新宿―小岩を通るため成田・房総の地へ達するには遠回りであった。しかし街道沿いには江戸市民に人気のあった芝又帝釈天（題経寺）や半田稲荷をはじめとする寺社や行楽地があり、時間に余裕があれば立寄ることができた。

　柴又の鐘馗様だと子は拝み　　一二三52、一二五2
　案山子迄帝釈らしい葛西領　　一四七14

帝釈天も子供の目から見れば鐘馗のように見えただろう。

新宿から水戸道を少し進んだ街道の左手には、流行神として江戸市民の信仰を集めた半田稲荷がある。当社は疱瘡神として江戸市中に知られるようになったが、半田稲荷を江戸市中に広めるのに一役買ったのは願人坊主であった。『わすれのこり』には願人坊主について次のように記されている。

　赤き布にて頭をつゝみ、赤き行衣を着、葛西金町半田の稲荷大明神と書し、赤き小さきのぼりを持ち、片手に鈴をならし、葛西金町半田のいなり、疱瘡、はしかもかるがると、と云て来る、ほうさう前の子を持し家にて銭を遣れば、稲荷の真言を唱へ、その外めで度祝ひ言を云て踊る、一文人形とゝいふ物一つ置てゆく。（『続燕石十種』二）

願人坊主の踊りは大坂住吉神社の住吉踊りが変化したもので、幕末には川崎音頭・かっぽれとして大流行している。なお願人坊主が身につけている「赤」は疱瘡除けの象徴である。

身といふ字半田稲荷の踊やう　一六四19

願人坊主の踊りが身という字の草書体のように見えたのだろう。

水行に半田稲荷が化て出る　㈩別下17

半田参りは引船の一得意　三七23

半田と住よし源平の法師武者　一二一36

願人坊主は赤、住吉踊は白衣に前垂れをつけたことを詠んでいるのだろうか。

無事、疱瘡が軽く済めばお礼参りということになるが、アバタ顔（しんいも）でのお礼参りである。

しんいもが駕籠で半田へ礼参り　一一一38、一五六33

街道から少し離れるが木下川村（葛飾区東四ッ木）には木下川薬師で知られる浄光寺がある。舟を利用することもできたため、行楽を兼ねた参詣地として江戸の人々が訪れた。

木下川を猪牙で通るは十二日　　二三36
瑠璃光に咲木下川の花ざかり　　一二八13
木下川の薬師も池に瑠璃の花　　一五三27

元佐倉道

元佐倉道については村尾嘉陵の『江戸近郊道しるべ』（下総国府台、真間の道芝）に詳しい。彼が元佐倉道を旅したのは文化四年（一八〇七）三月のことである。

堅川ぶちにそひて、行々ば逆井わたし、舟に乗て、南のかたをながめやるに、川下は空もひとつの霞のみして、水鳥のこゝら立よふさま、沖つ舟のつりするなど又なき景色也、

北にかへりみれば、梢平らかに、かりそろへ、幾もとか植並べたる松の木立みゆ、三婦《サブ》の松と云、

こは三郎兵衛といふもの、己が畑のかたはらに植たるが、年をふるまゝに、かく目に付て、人にもしらる斗成《ばかりなる》と云り、数三千本余ありとぞ、

わたりて五七丁行ば、右に行徳道あり、

一ノ江・二ノ江といふ所々を過て、利根の川ばたにいたれば、むかひは行徳也、

一里斗行て、小坂をのぼる、こゝに民戸一軒あり、酒あり、菓子あり、路の左に大なる榎《えのき》あり、一里塚にやと思はる、坂より上は道やゝ高し、是は利根の水にそなへたる堤なるべし、

猶半里ばかり行ば市川の関、伊奈友之助といへる御代官の守れる所也、されど関は名のみして、入方も出るかたも、杉の丸木にて、門となせるのみにて、戸ざしもなきは、誠に君がよのめでたきためしなるべし、

嘉陵は隅田川を渡って堅川沿いの道を逆井に向い小岩に達するが、途中の小松川辺りは「小松菜」の産地として有名であった。

小松菜売にたわむれる蝶ひとつ　七四7

鶯菜宿はと問へば小松川　九三10

小松菜は鶯の餌に最適であったようだ。

松尾嘉陵の文中に利根の堤とあるが、この利根は江戸川のことである。近世初期までの利根川の主流は現在の江戸川であったが、大規模河川工事により銚子への流路が確保されると、それまでの利根川は江戸川と呼ばれるようになった。

行徳船

数ある成田・房総へのルートのうち、最も多くの人々が利用したとみられるのが行徳船である。

行徳船は江戸小網町の行徳河岸から日本橋川を下って隅田川を横断し、小名木川に入る。小名木川の出口には中川番所があり、ここで改めを受けて中川を横切って新川に入り、それより江戸川に出て行徳に達する。

行徳船に乗れば江戸から行徳までは歩くことなく達することができたため、旅人にとっては楽な旅であった。成田へは陸路を行けば小岩市川関所で改めを受けるが、中川番所の改めは川柳の種になっている。

中川は同じあいさつして通し　一13

関守の声を越るとまねて行　一41

通ります通れ葛西のあふむ関　九七17、九九83

船と岡とで中川の鸚鵡石　一二一29

中川番所通過の時、船頭は番人に向って「通ります」と声を掛ける。役人はそれに対し「通れ」と答える。そのやり取りはまさに鸚鵡返しである。番所を越えると乗客は「通ります」「通れ」と言い合いクスクスと笑ったのだろう。

中川番所は女性が船に乗ったまま通行することは禁止されていたが、次第に黙認されるようになったようである。それでも船中の女性は緊張したことだろう。

船番所越すうち芸子汗をふき　二六15

行徳船は貸し切りもあった。親しい仲間が船に乗り込めば飲めや唱えやのドンチャン騒ぎ。それでも中川番所では神妙にしなければ。

三味線をにぎって通る船番所　一一24

一方、房総から江戸に遊びに出て帰途につく旅人は、

江戸の夢行徳まではつんで行　一二三59、一二七79

行徳に着けば江戸の夢から醒め、現実が待っている村へ急がなければならない。

江戸川と市川周辺

いよいよ房総の旅である。その房総の玄関は江戸川。小岩市川関所を出ればそこには江戸川の景色が広がり、対岸の国府台の奇勝に目を奪われる。

江戸川や流れ涼しき夏柳　一二一乙51

江戸川まで来ると鯉も格が上がるらしい。

江戸川は鯉小松川は鶴の御場　一一二34

江戸川に緋や紫が浮く日和　一五六1

江戸川の鯉は将軍の鷹狩の鶴と並べられている。

車胤と王禅江戸川の名所なり　一二一21

蛍の光で勉強をした車胤、氷上で鯉を獲った王祥。江戸川は蛍と鯉の名所であった。江戸川の鯉も食べてみれば、

市川の鯉つがもね風味也　六五19

江戸川は渡し船で越える。

市川で舟をとふれとにらむ也　四八25

市川の渡ししばらく待てゐる　七五23

渡し船も団十郎が「晳く」とにらんでいる。そして渡し船に乗れば、江戸川を渡る旅人は一幅の水墨画の点景となるだろう。

川を渡った市川の辺りはさまざまな名所旧跡があり、旅人を楽しませてくれる。国府台は景勝の地、古戦場としても知られた所であった。

里見勢むかし巣籠る鴻の台　一二三61、一二五33

房総の武将といえば里見氏だが、里見氏を有名にしたのは滝沢馬琴の『南総里見八犬伝』である。

里見家の八士は智勇犬備也　一四八1
里見の城跡犬たでがはびこほり　一五一30
里見の酒宴鱗じやあ呑めねへ　一五五13

直接国府台にかかわる句ではないが、里見氏も随分と川柳に詠まれている。

江戸川を渡った辺りには、江戸にもよく知られた総寧寺や真間の手児奈霊堂や弘法寺がある。

総寧寺は曹洞宗の名刹で関東僧録司の一つであるが、寺の境内には里見氏の居城館山まで通じる地下道があったという伝えがある。

手児奈は昔この辺りに住んでいたと伝えられる美女のことだが、彼女をめぐって男達が争ったため、心を痛め入水したという。手児奈伝説については山部赤人も歌を詠んでいる。

吾を見つ人にも告けむ葛飾の真間の手児奈が奥津城処

弘法寺は日蓮宗の名刹で、紅葉の名所として知られていた。

紅葉時山も火焔の成田道　九四19
冬枯て山も火ゑんの成田道　一一二14
成田道後ろにもゆる紅葉の火　一二五24

成田道の紅葉は成田山の本尊不動明王の後背の火炎に譬えられているが、江戸ッ子が紅葉見物というとどうしても女房に疑われることになってしまう。

真間から見れば正とう寺遠い所　二一ス11
真間へは何十里有りやすと女房　四六11
見物はまゝへうり人は松洞寺　二四1

正とう寺・松洞寺＝正燈寺は江戸の行楽で述べた吉原近傍の紅葉の名所である。
しかし真間の辺りに遊所などないため、

まゝへ行人は女にびれつかず　三30

女性にでれでれすることなく純粋に紅葉を楽しんでいる。

八幡～船橋

市川を過ぎれば八幡の宿場。八幡は不知森《しらずのもり》で広く知られている。不知森の伝説の一つに平将門に関するものがある。天慶の乱の時、平貞盛がここに陣を敷き平将門を破ったというが、貞盛はこの時里人に対し「この地に八門遁甲の陣を敷いたが、死門の一角を残すので万一人が入れば必ず祟りがある」と言い残したので、以降里人はここに足を踏み入れなくなったという。

八幡知る君は籔にも剛の者　一〇〇134

今もなお不知森は国道一四号沿いに残っているが、奥行がなく芝居の書割りのようである。
八幡を出れば次に立ち寄るところは日蓮宗の名刹正中山法華経寺である。法華経寺は名刹であるが、それよりも旅人としては当地の名物中山の蒟蒻の方が気になったようである。

いろけない紅葉こんにゃく土産也　二八7

祖師よりも菎蒻玉の名の高さ　七一9

成田戻りにこんにゃくは通し籠　一二四109

中山の蒟蒻について『十方庵遊歴雑記』（初編中29）には次のように記されている。

此所（行徳）より東へ二三丁の間に、蒟蒻をひさぐ家儘多し、是を中山こんにやくと呼て、平き竹の目籠に杉の葉の青きを、貝敷にしてうれり、此品法華経寺の門前近所にこそ有べきに、左はなくて一里半も隔たりし、行徳の市中にひさぐはいかなるゆへにや、其形丸く色最黒し、風味も名ほどにはあらず、凡蒟蒻においては、晒にして色白く上品なるは、佐倉の産を第一とすべし、

中山の蒟蒻というのだから法華経寺の門前にあって然るべきなのに、行徳の町中で売っているのはどういうわけかと書いている。中山の蒟蒻は色も悪く風味もいまひとつのようで、蒟蒻は佐倉が一番としている。佐倉の蒟蒻は有名で幕府にも献上されていたが、川柳には登場しないようである。

これより房総屈指の宿場町船橋に入る。行徳船で房総に入った旅人は船橋に直進、あるいは八幡に出て船橋に向かった。

船橋に近付くにつれて海も近くなり、晴れていれば江戸の内湾を挟んで富士を望むことができた。江戸の風景の象徴である富士と江戸内湾をセットにして眺めることができたわけである。

船橋は九日市村・五日市村・海神村からなり、港町であり、房総各地への街道が分岐する交通の要地でもあった。船橋を構成する三ケ村のうち、九日市村のみが旅籠屋経営を認められており、「八兵衛」と呼ばれる飯盛女を抱えていた。八兵衛の語源については諸説あるが、『葛飾誌略』には

一はちべい、是此所飯盛女の惣名也、其故を聞くに、一夜の内にべいべい言葉の八百もいふとて、或旅人戯れて八百べいを略し、はちべいはちべいと言ひけるが定りと成りてをかしき也、

と書かれているが、落語の「紺屋高尾」の枕では、船橋の妓はお客がくると「しべえしべえ」というのではちべえという名をつけたとある。いずれにせよ船橋の八兵衛は世上よく知られていたようで、船橋の繁栄を物語る川柳はほとんど八兵衛関連の句である。

八兵衛の倉替馬に乗てゆく　㈩別中32
八兵衛といふ若衆来る春の礼　一五30
八兵衛は女おしなは男なり　七四35、八一22、一一七16
八兵衛計略船橋を引て逃げ　九三19
八兵衛は市兵衛町で見た女　九八46、九九107、一二七106
八兵衛やなかざなるまい女悦丸　一〇一25
八兵衛を買はざなるまい成田道　一二一17

当然のことながら破礼句が入ってくるのは仕方がない。それにしても「買はざなるまい成田道」とまで力んでみることもなかろうに。そのほかの句も八兵衛が関連しているようである。

船橋屋名は八兵衛と知つたぶり　一一二9
一弐町有る船橋の廻し部屋　一一三9

船橋へやつと漕付女旅　　一二四81

田舎饅頭船橋でつまみ喰ひ　　一二六60

船橋の八兵衛と聞いて、よせばいいのに半可通が、「蒸羊羹で有名な深川佐賀町の八兵衛さん、私は知ってますよ」と恥をかくことになる。

船橋を出立をすれば成田への道は海から遠去かり、次宿の大和田までの三里九町は広い原の中を行くことになる。この辺りは小金牧と呼ばれる幕府直轄の牧で、これまでとは違った風景が展開する。

小金原ちよろ〳〵と出る馬ッころ　　一二三16、一二四84

小金原野馬の口にくつわむし　　一二六39

放牧の眺めは江戸の人々にとっては珍しい風景であったろうし、行くて遥か彼方には富士と並ぶ江戸の風景の象徴である筑波山が次第に大きくなってくる。

快晴さ筑波の麓都島　　二六21

大和田を出て臼井の宿に至る間には七代目市川団十郎が天保二年（一八三一）に建てた道標が現存している。道標の右側面には、団十郎の詠んだ句が刻まれている。

天はちゝ地はかゝさまの　清水かな

佐倉～成田山

臼井を出て左に印幡沼を見ながら進めば、成田道唯一の城下町佐倉である。城下町といっても城下の賑わいがあったのは新町と呼ばれる辺りだけであったようだが、川柳では次のように詠まれている。

冬枯も佐倉の盛る成田道　一一二17

その佐倉を出れば再び馬を見ることになる。

佐倉からほどなく駒の勇む原　一二七86

佐倉から酒々井へ、そして酒々井からは二里余で成田だが、江戸の人達は成田への道を次のようにみていた。

江戸前が鱣をくさす成田道　一〇二36

剣と号して麁酒を売成田道　一一四22

成田の道中荷物へも縛の縄　一一九22

成田道雉子も縄手でけんと啼　一二六40

剣を持つお不動さんの威を借りて粗酒を剣菱としたり、雉子が鳴くなど、街道筋の印象はどうも芳しくないが、それもまた一興というところだろう。

成田の門前町は『十方庵遊歴雑記』（初編中39）によれば、

西の坂口より東の出外れ迄凡四町半、家居軒を並べ、繁昌にして万弁利なること、片鄙とは思はれざりし、

とあり、かなりの賑わいであったことがわかる。その賑わいを通り過ぎれば目的地成田山新勝寺である。

剣の峰くれる成田の講頭　八〇3

成田講頭のくらわせる剣の峰＝剣突は、お不動さんの剣がバックにあるだけに強力であったろう。

不動仲間の親玉は成田山　八八4

額堂は実につがもねへ成田山　一〇五37

神体で見ても成田は荒事師　一〇七15

清浄な供物成田の洗ひ米　一一一33

公家悪は神田成田は荒事し　一二一24・26・28

武総での親玉株は成田山　一二一28
不如意でも祈れば直る新勝寺　一二一31
賽銭も積り両歩と成田山　一二三57
倶利伽羅の裸参りも出る不動　一五二2

概して成田山を詠んだ句は威勢がよい。

成田山に参拝すればその目的を果したことになるが、時間と費用に余裕があれば、成田から香取・鹿島・息栖の三社を参詣し、銚子の磯巡りを楽しむこともできた。ただし銚子はドラ息子が性根を入れ替えるために追いやられる所でもあった。

どら息子つひに銚子の権の帥　八二15
銚子での思案第一まづ禁酒　九二16
てうし迄禁酒仕やれと母の文　九三24

成田参詣のシメはとんでもないことになってしまったが、江戸から成田へは山坂の続く道もなく、手軽な参詣地、行楽地であった。成田への旅は手軽な旅ではあったが、いかにも旅に出たという雰囲気を作り出すさまざまな装置があったわけである。

第三章　東海道の旅

一　旅立ち

江戸をはじめ、東国からの東海道の旅といえば、それは伊勢参宮及び西国各地への旅であった。江戸からでも伊勢への旅ともなれば往復するだけでも一ヶ月余。伊勢から西国各地を旅すれば二〜三ヶ月の日数を要する旅であった。

長期にわたる旅であれば、旅仕度もそれなりにしなければならない。菅笠・矢立・帳面・道中案内・燧石・煙草入・印籠・小田原提燈・携帯用枕・携帯用燭台・早道と呼ばれる小物入・道中差・合羽などをはじめ、さまざまな旅用具があるが、供を連れた旅ならともかく、一般の旅人がたくさんの旅道具など持ったら重くて疲れてしまう。なにしろ旅は歩いてであるから。おそらく大方の旅人は多少の着替えと菅笠・合羽・矢立・帳面・手拭いといったところであろうか。

しかし絶対忘れることのできないものが往来手形と関所手形であった。『東海道中膝栗毛』初篇で弥次郎兵衛と北八も

旦那寺の仏餉袋を和らかにつめたれば、外に百銅地腹をきつて、往来の切手をもらひ、大屋へ古借をすましたかわり、御関所の手形を

受け取っている。往来手形は身分を証明するもので、旅中常にこれを携行し、関所手形は関所通過時に関所に提出した。

江戸時代も中後期になると男子の関所通過は随分と緩やかになったようだが、女性は男性に較べると厳しかった。

おかみ迄知らせて女旅へたち　二〇38

一方、可愛い我が子の旅立ちともなれば、心配でもあり頼もしくもある。

旅立ちに我子の寝息つく〴〵見　一六二34

そうかと思えば臨月の妻を残して旅に出る輩もいる。そうなると生まれてくる子供の名前を考えておかなければならない。

りん月に名を二つ付け旅へ立ち　一六五7

生まれてくるのは男の子だろうか、女の子だろうか。旅慣れた友人はいろいろなことを教えてくれる。

ならへ行く人にくれ〴〵石の事　三16

奈良ではやたらに石を投げるなよ。鹿に当たったらとんでもないことになる。万一鹿が死んでも、「鹿政談」のように、御奉行様は「これは鹿ではない。犬である」などと助けてはくれない。

はつ旅は灸も支度の数に入り　二七31
押て見て煺る三里も旅用意　一三八34・35
餅へ灸点双六の旅じたく　一五〇2

芭蕉の『おくの細道』の「三里に灸すゆるより」ではないが、足の疲れをとるのによく知られている方法である。道中双六の旅では餅に灸をすえて食べながらである。

旅に出るのはいいが、どうも女房が心配だという亭主もいる。そこで疑い深い亭主に対し女房は、

乳の黒み夫トに見せて旅立夕也　一16

これで旅立つことができるかと思えば、

間男を知つて旅立にへきらず　五30

やはり旅に行くのはやめようか。

間男としては、少しでも亭主が長く旅の空にいて欲しい。『柳多留拾遺』には、

間男は大和巡りもすゝめに来　二5

せっかくお伊勢さんまで行ってそのまま帰ってくるてェのはもったいない。奈良や京・大坂の方へも行ってくるといいや。

旅立つまでは何かと大変であるが、ようやく仕度も整い旅立つことになる。しかし今度は親類縁者や友達の見送りである。

文政九年（一八二六）八月十日関西に向けて旅立つ六所宮（東京都府中市大国魂神社）の神官猿渡盛章の様子を『山海日記』によってみてみよう。

今朝ハ空清うはれて、明はてんとする頃旅装とゝのひぬ、人々大神に御かぐら奉り長途のつゝミなからむるをこひねぎ奉るに、余も広前にぬかづきて、出たつうからやからをはじめ、親しき人にあまた送り来つれど、誰かをだにしるしとゝめず、国分寺村かたを右に見て、恋がくぼの里をも打過て、ふ

たつ塚という所の茶店にしばしやすらひ、こゝにて送り来し人々に別れぬ、（中略）ほどなく野老沢の町にやすらふ、したしき人々ハ猶こゝまでも送り来ぬれバ、かたミに盃めぐらし、物くひなどして袖をわかつ時に、

今ハとてわかるゝ時ハひとと我もたゝおだひにといふばかりなり

（府中市立郷土館編『猿渡盛章紀行文集』）

神官という立場もあろうが、かなり大勢の人々が見送ってくれたようである。特に親しい人達は野老沢＝所沢まで送ってくれ、茶屋で酒を酌み交わしている。さすがに神官の日記、格調高い文体で綴られているが、実際には相当派手に酒を飲んでいるのだろう。

嘉永六年（一八五三）六月久留米藩士牟田高惇は全国武者修行に旅立ち、江戸に滞在してから佐倉・水戸方面に向かうが、江戸の仲間が旅送りをしてくれている。嘉永七年四月十四日のことである。

一　朝五ツ時京橋揃にして罷出候処、追懸ニ石川も出向ニ相成、木村久米・木村競・酒巻猶吉郎其外六七人伊賀守様よりも出向ニ相成、御屋敷よりハ明善堂詰ハ不及申、原口寿左衛門并足軽共迄見送ニ相成、京橋前ニ右側ニ松田や立寄、又々離盃ニ相成、小子よりも少々肴等出候、石川伯父木村金吾と申人より、少餞別等ニ預也、昼八ッ時比、千住宿柏屋ニ止宿、両国亙り迄伊賀様之人々送見ニ相成、尤浅草ニ下屋敷有之、其所より金吾より又々酒等出し、宝来ニ立寄也、

（『随筆百花苑』13所収「諸国廻歴日録」）

二度と逢えぬ人もいるであろうから、そのぶん旅送りも派手になるのだろう。しかしあちらで酒、こちらで酒の席が続き、朝の八時前後に京橋に集まったのは午後二時前後。そして千住宿に宿泊してしまっているが当然だろう。離盃とはこれまた格調の高い表現ではあるが、要するに酒を飲んでいるのである。

その千住に残されている明治四年の旅日記によると、同年四月二十一日広田氏が伊勢参宮に旅立っている。

……大森山本屋にて中食、送りの人々と酒を催し、暫く休らひ夫ゟ六郷川、橋なし、川崎水茶屋にて送りの人々と分れ、夫ゟ鉄(道)銅馬車にて横浜に着す、　（東京都足立区横山家蔵）

千住から川崎まで送るのだから大変である。旅送りというよりまるで日帰りまたは一泊の行楽である。しかし酒漬けでは健康的な行楽とはいえないが。

れっきとした幕府役人の旅送りも同じようなものであった。享和元年（一八〇一）大田南畝は幕府の命により大坂銅座への旅をし、『改元紀行』を著しているが、旅送りの様子をよく記している。

享和とあらたまりぬる年、難波なる権銅の座にのぞむべきおほせごとうけ給はりて、二月廿七日卯の刻すぐる比に出たつ、児俶定吉弟栄名島崎金二郎甥義方吉見儀助其外親しきものこれかれ旅よそひして送れり、宮原宗助　榊原丈右衛門　須賀屋忠助　いせ屋長兵衛　柳屋長次郎等也（中略）赤羽根のはしの前なる立場にいこふ、品川大仏の前なる鍵屋といへる高どのにて酒くみかはし、あるは歌よみ詩つくり聯句などして、別をしまぬにしもあらず、ここにて送来れるものをかへす、児倣・宮原氏ばかりは、大師河原に遊ぶたよりよしとて、大森まで来れり、こゝにおくまりたる茶店あり、数寄屋河岸のすきものどもまちつけて、小竹筒《サヽエ》みさかなとり出てすゝむ、北川嘉兵衛 大坂屋甚兵衛 石川五郎兵衛 土塚農夫 などなり、十千亭万屋助二郎のあるじはをくれたりとて、息もつきあへずして追ひ来れり、よく一盃の酒を尽して、肩輿のうちにねぶり給ひねかしといふによりて、酔心地に人々とわかれて、肩輿にのり、六郷のわたりにのぞめる比、同里の三子井上子瓊作左衛門鈴木猶人文左衛門辻知駕忠左衛門送り来り手をわかつ、あかずかへりみがちながら、つゐに輿にゆられて臥しぬ、

（『大田南畝全集』8）

幕吏とはいっても狂歌師・戯作者として知られた南畝であるから、さまざまな人々が旅送りに来てくれている。それにしても赤羽根橋で飲み、品川では鍵屋で酒を飲みながら歌を詠み詩を作り、連句で楽しんでいる。さらに大森の茶店では別グループの友人が待っていたようで、またまた酒。これだけ飲めば駕籠の中で寝てしまうだろう。

面白いのは旅送りの何人かが「旅よそひして」送りに来ていることである。ほんのわずかなときを旅人として過ごしたいという意識からであろう。

東雲のそらに笑顔の旅送り　一五一26

気持ちのよい爽やかな旅送りである。送る人、旅に出る人の笑顔が浮かんでくる。しかし現実はそうは

いかなかった。

旅に出るのか、それでは送ってやろうと言っても、みんながみんな、否ほとんどの人が心から旅の無事を祈っての旅送りではなく、イベントの一つとして集まってくるのである。その証拠に、

旅送りはしより川が人がふえ　二一ス9

旅立ちは板橋か、それなら送るのはやめておこうか。品川か、品川なら俺も送りにいく、ということになる。

板橋同様、青山から旅立つと旅送りも気が進まない。

旅送り青山通り気がねへの　五一14

これまでの日記で見たように、日本橋で別れを告げた人もいたが、多くは

旅送り江戸是きりの所迄　五三21

送ってくる。もちろん茶店で別れを惜しむ酒を飲みながら。しかし中にはちゃっかりした連中もいる。

旅立を送た跡で汐干狩　四四16

お祭り騒ぎだけではなく、時には

旅送り袂をわかつ袖ヶ浦　一三九27

情緒のある旅送りの風景を目にすることもあったろう。旅送りもそのあと品川辺りで引っかかっていると、

旅送り大和をめぐるほど遣ひ　五六12

伊勢から西国を旅したほどの散財をしてしまう。旅送りにかかずらわっていたのでは先が進まない。さてこの辺りできっぱりと

旅立は弐度めのさらば笠でする　二24

二　日本橋から箱根まで

1　日本橋

いよいよ長途の旅のはじまりである。旅送りの連中は品川、時には川崎辺りまでついてくるが、ここで

はやはり日本橋からはじめることにしよう。日本橋の句は冒頭にも掲げたが、再び数句示しておこう。

日本橋五畿七道の要なり　㈩別中25

日本橋は日本の街道の基点になり、今も道路元標が置かれている。

日本橋何里〳〵の名付おや　三〇4、一六七19

日本橋とゝでまんまを喰ふ所　七二5

日本橋是御府内の台所　八四16

日本橋には魚河岸もあり、江戸市中の台所の要でもあった。早朝から魚河岸関係者と旅立つ人達で日本橋は賑わったことだろう。

日本橋富士と並し人の山　一二一23

朝まだ暗いうちに日本橋を出発し、芝の辺りで聞く鐘の音は増上寺か。

芝の鐘諸国の舟の飯時計　一三一30

芝といえば神明社の辺りには錦絵などを販売する絵草紙屋が並んでいた。錦絵は江戸の名物であり、かさも張らないし軽いので土産には最適であった。そのため江戸の出入口にあたる神明社の辺りに店を構えたのである。『東海道名所図会』にも絵草紙屋が描かれている。

大林清の『明治っ子雑記帳』によると、彼が子供だった大正初期には神明通りにまだ二軒の絵草紙屋が残っていた。

一軒は中上屋という店で、店頭の欄間の位置に、日露戦争の橘大隊長奮戦の錦絵などを横一列に飾っていた。

地方から江戸見物に来た人達が必ず見物……参拝に行くのが泉岳寺である。

泉岳寺江戸一見の道具也　五〇30

江戸の名所旧跡として、いかに大きな存在かがわかろうというものである。

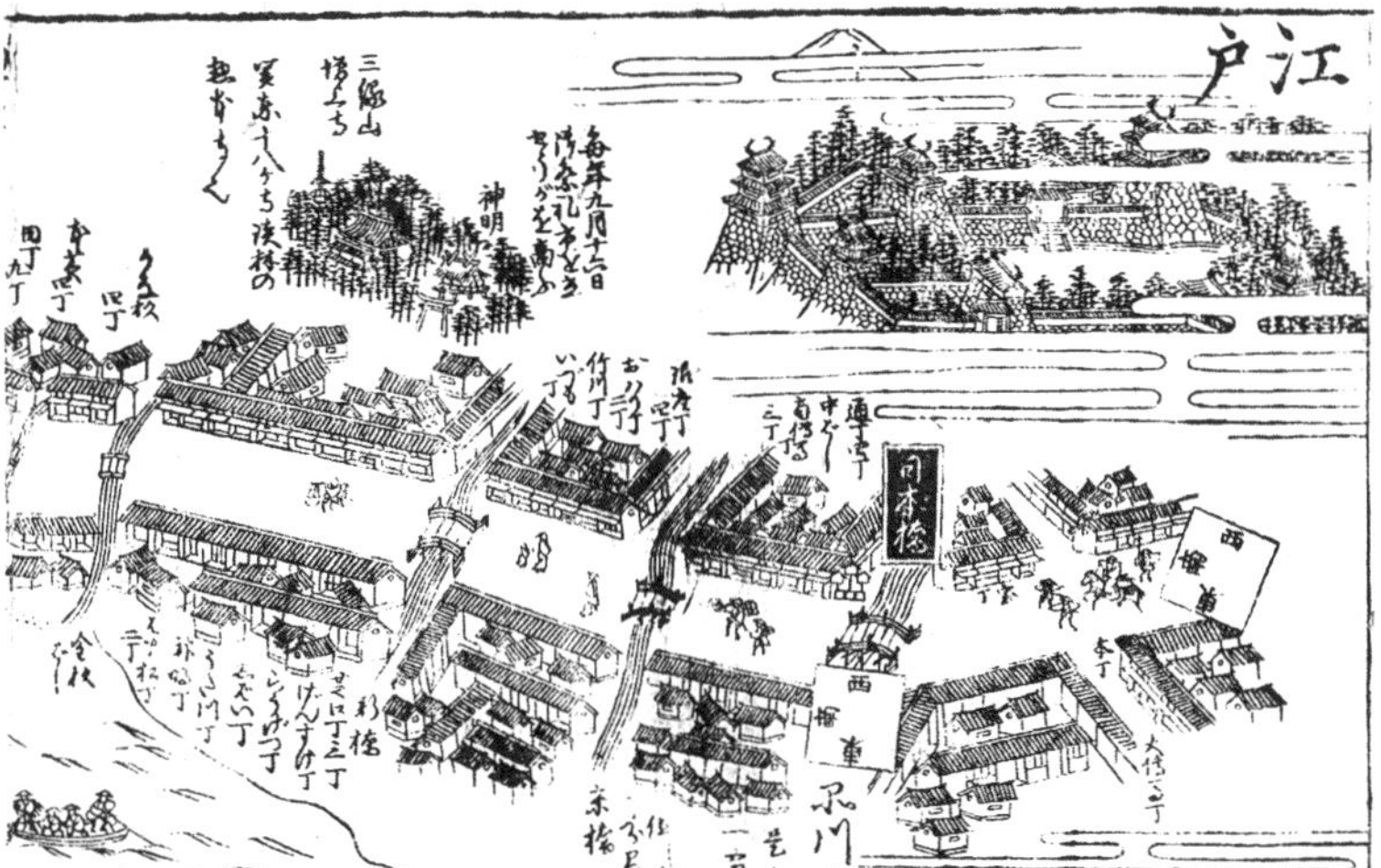

一方、東海道を通ってやってくる旅人にとって、最初に訪れる江戸の名所である。

泉岳寺江戸へ着く日の一名所　九五32

忠義の臣赤穂浪士の墓は、お祭り気分で見るのは不謹慎というものである。

見物にむだ口の無いせんがく寺　九21

四十七士ということで数に関する句も多い。

知れて居るものをかぞへるせんがく寺　五18
いろはにて膳立をする泉岳寺　九一37
いろはにほへどちりぬるは泉岳寺　九五2

2　品川

江戸から二里。品川宿へ到着である。品川宿は東海道そして江戸時代最大の宿場町であった。
文化九年（一八一二）一月六日、現在の茨城県大子町を旅立った益子広三郎の『西国順礼道中記』には以下のように記されている。

此処江戸同前に賑敷能町なり、去暮焼失仕い
また普請最中なり、殊ニよき町に相見へ申候、
夫より道急き鈴ヶ森といふ御せいばい場有、

（『大子町史料』別冊9）

品川宿は前年の暮れに焼失し、普請中という。それでも特によい町というのだから、品川宿は余程立派な町並みであったのだろう。

慶応元年（一八六五）訴訟のため近江国滋賀郡本堅田村＝現滋賀県大津市から江戸に出てきた錦織義蔵は、同年五月二十五日に江戸を出立し、この日は品川に泊っている。この時の旅日記『東海紀行』には次のように書かれている。

日本橋ヨリ二里　廿五日七ツ時着ス
○品川△村田屋平兵衛泊、岩城出入方宿家ナ
上々　遊女揚屋多シ
リ、玄静律師僕亜
之助事当宿迄見送
り一泊ス、木村君

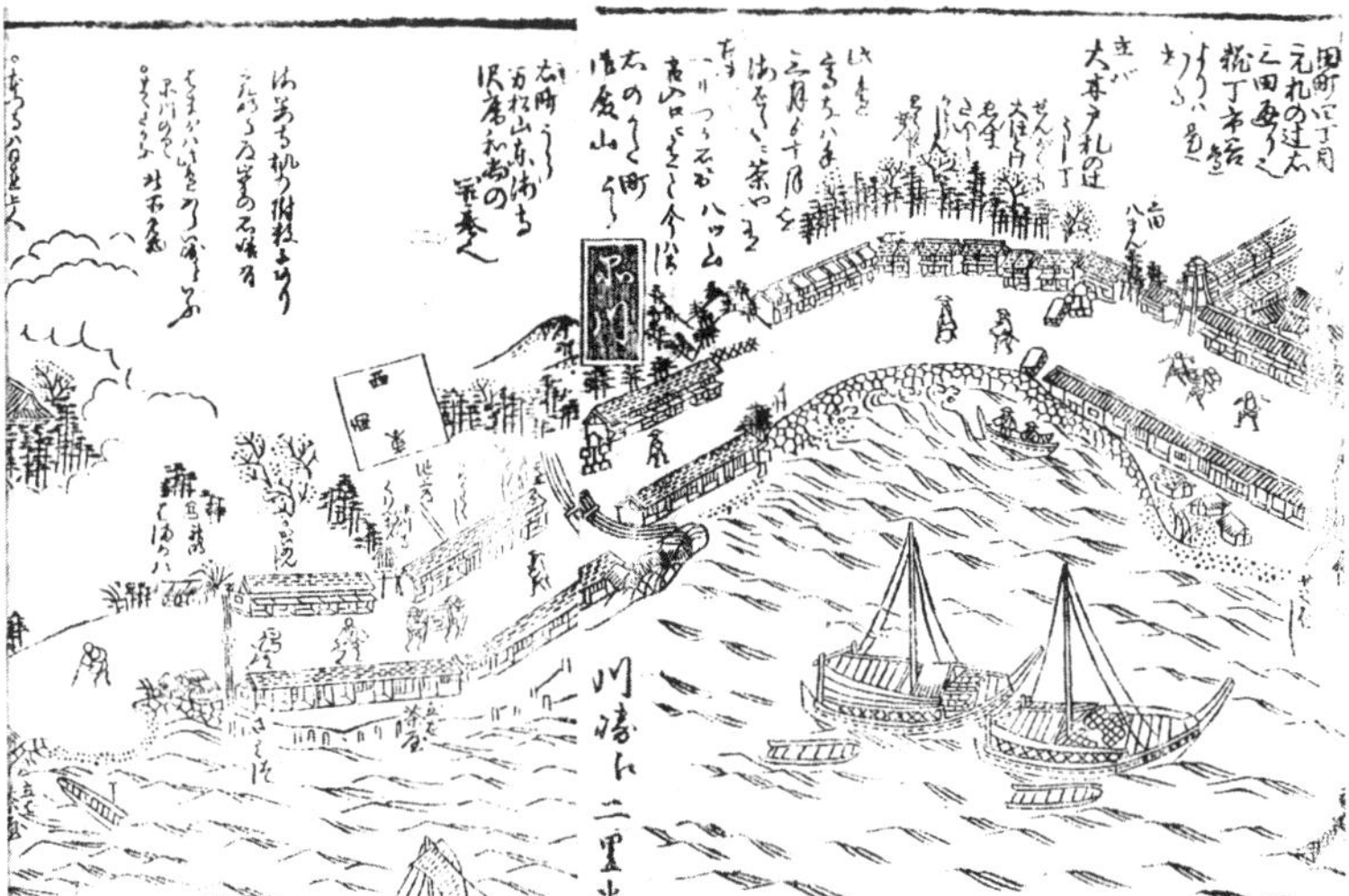

亜之助同〻ニテ同夜遊行アリ、金二百疋亜之助江包遣ス、
東ノ方離レ座敷、右村田屋座敷先キ東向キ、海辺風景至テヨシ、水主船長等コヽニ遊ソビテ、
舟中ノ労ヲ憩ムルナルベシ、江戸表并東海道宿〻多ク角ノ行灯ヲ用ユ、
此駅東海道第一繁昌ノ地ナリ、数多ノ店前ニ紅粉ヲ粧フテ美艶ヲカザル花魁多シ、
（『日本都市生活史料集成』8）

右の記録は旅人から見た品川宿の様子を見事に表現している。義蔵は江戸滞在中岩城升屋の世話になっている。岩城升屋は京から江戸へ進出した木綿問屋で、一時は越後屋・白木屋をも凌ぐほどであった。品川では岩城升屋出入の村田屋へ宿泊している。

品川宿は前にも少し記したが、宿場というより遊所としての色彩が濃厚であった。幕府公認の遊所吉原の女性は遊女と称したが、宿場町の場合、厳密には飯盛女・食売女と呼んだ。幕府は旅籠屋に飯盛女を置くことを禁止したが、これを徹底することはできず、享保三年（一七一八）宿場の助成になるという名目でこれを許可している。

品川は江戸及びその周辺の遊所としては吉原に次ぎ、江戸から多くの人々が遊びにやってきた。義蔵を送ってきた二人もどうやら品川で一泊し遊んだようであるが、日記を見る限りでは、義蔵は遊んだことにはなっていない。品川は海辺であるため、船長や乗組員達も遊びに来ている。

「角ノ行灯」とあるが、これは四角の行灯のことで、関東方面では四角、関西では丸型行灯が用いられ

ていた。

華やかな品川宿であるから川柳にも多く詠まれている。

麗かさ品川沖へかちはだし　一七34

品川は膳の向ふに安房上総　三四20

座敷まばゆき品川の朝直し　八七31

海辺に臨む品川の様子が目に浮かんでくる。

品川は旅を拍子に行所　五二21

旅の拍子に行くのか勢いで行くのか知らないが、旅帰りもまた品川で引っかかる。

品川へ来てなが〳〵の口なをし　三37

品川に居るにかげぜん三日すへ　九27

品川まで来たのだから早く江戸へ、我が家へ帰ればいいものを、陰膳を据えている方はいい面の皮である。

その品川に参勤交代の大名が泊ると、

関札が立って品川げびるなり　七28

関札に淋しく僧の帰宅なり　一二17

関札は参勤交代の大名などが本陣に宿泊する時に掲げたもので、たとえば板に「細川越中守宿」などと墨書してあるが、幕末になると経費節減のため板ではなく、紙に書いたものもあった。

大名の宿泊となれば宿内は供の田舎侍で溢れ、粋のかけらもなくなり、遊びに来た坊さんもスゴスゴと帰ることになってしまう。

江戸から品川へ遊びに来るのも、懐に余裕のあるのは駕籠を使う。

四ツ手駕東海道をさしてかけ　一〇34

しかしなかには金もないのに見栄を張りたいのもいる。

けちなみえ坊八ッ山で駕に乗り　二四14

そうかと思うと、

さあどふだ行か帰るか御殿山　七三7

ここまで来たのだから四の五の言わずに、さっさと品川まで行けばよいものを。品川に数ある飯盛旅籠の中でも、その名を知られていたのが土蔵相模である。

土蔵相模へ鍋釜もはこびこみ　一〇七33・40

土蔵相模に腰巻の緋の蹴出し　一三九17

土蔵相模は店の表側を土蔵造りにしていたが、岡田甫の『川柳東海道』上によると、本書が出版された昭和四十七年頃はホテルに改造され、わずか右手の植込に面した壁の下部に土蔵造りの片鱗が見られたというが、今はその名残りを示すものは何もない。

品川は遊所としてあまりにも有名であったが、本来宿場町であり、旅人が休泊するところである。

品川の衣桁もゝ引などもかけ　五21

股引の泊りもとるでげびるなり　一〇24

地方からの旅人は粋な遊人にとっては目障りであろうが、これでは本末転倒である。

そして朝ともなれば品川らしく、

品川は鳥よりつらい馬の声　四7

品川で手間取ってはとても伊勢・京まで辿り着くことはできない。これでは品川でグズグズしている旅人と変わらない。馬の声に起こされて次に進むことにしよう。

日本橋から二〜三里、長旅の足馴らしというところであるが、旅に出た喜びではしゃぎ過ぎるのは疲れるもとである。

　旅立ははでなが早くくたびれる　五8

旅馴れない女性にとっては足が痛み出す頃でもある。

　鮫洲から道にのまれる女旅　九九119

　女旅さめ洲で道にものまれ　一〇一5

江の島へ芸ごとの上達でも願う旅であろうか。

疲れた足を引きずりながら行けば、右手に鈴ヶ森刑場である。

　森と山東海道に鈴二つ　㈩別中25

鈴ヶ森は気分を沈ませるし、鈴鹿の山は体力を消耗するところである。

鈴が森目にもろ〳〵の不浄を見　五五32

生首でも晒してあったら、たまったものではない。

白波のはても有けり鈴ヶ森　七五18

悪事を重ねたその結果が鈴ヶ森である。

鈴ヶ森刑場跡は今でこそ史跡見学の地であるが、当時は少しでも早く通り過ぎたいところであった。

『東海道宿村大概帳』によると、

一右同村（大井村）地内字壱本松縄手之内、西側に御仕置場有之、是を鈴ヶ森の御仕置場と相唱ふ、右場所に御仕置もの晒し有之節、

御茶壷通行有之候得者、不入斗村地内西之方池上本門寺江之通筋を廻り、品川宿江通行いたし候由、

（『近世交通史料集』四）

とあり、処刑者が晒されている時はお茶壷道中の一行もここを通るのは避け、池上本門寺への道を通り品川宿に入っている。

御茶壷へつめるは宇治の三番叟　三八26

御茶壷の泊り一宿寝そびれる　四八18・24

御茶壷が泊り宿々寝つかれず　八〇30

御茶壷の道筋に先づ数寄屋橋　一〇〇138

御茶壷に口取出て立て居る　八一1・3、一三六9

お茶壷道中とは将軍飲用の茶を宇治から運んでくる一行のことであるが、一行の横暴は宿場にとって大変迷惑なものであった。お茶壷道中に随行したのが江戸城内で雑役に従った「坊主」であった。坊主といえばお数寄屋坊主河内山宗俊が知られているが、身分はお目見以下の軽輩であった。この坊主が将軍の威を笠に着て威張り散らしたのであった。

明治に入ってからの坊主の述懐には次のように記されている。

御茶壷の威

御茶壷の事が出ましたが、イヤ懐旧の情に堪えません。世俗に虎の威を借ると申すことがござれど、御茶壷の威を借りたのは手前共で、誠に当年の事を想出しました。（篠田鉱造著『増補幕末百話』）

以下宿場ごとの饗応の様子が記されているが、数寄屋坊主自身がこのように話しているのだから、想像を絶する振る舞いをしていたのである。

江戸を出て最初に越える大きな川が六郷川（多摩川）である。

六郷川には慶長五年（一六〇〇）に橋が架けられたといわれており、同十八年に架け替えられている。

その後災害によりたびたび橋が流失し、元禄元年（一六八八）七月氾濫により流失すると、以降橋は架けられず渡し舟になっている。

渡し舟への移行を江戸防衛と見るむきもあるが、六郷の場合そこまで考えることはなく、単純に橋から渡し舟へ移行したとみた方がよいだろう。この点については三輪修三氏も同様の見解を示している（三輪修三『東海道川崎宿とその周辺』）。

六郷に橋のあった時代の旅日記などほとんど残っていないが、天和三年（一六八三）三月から六月にかけて江戸から伊勢・畿内を回り江戸に戻った旅日記『千草日記』にかろうじて記されている。

やう〳〵六郷の橋を過ぐる、この河は武蔵の玉川なり、　　（『古典文庫』四四九）

橋流出以降舟で川を越えることになるが、『東海道宿村大概帳』によると、渡舟賃は正徳元年（一七一一）には一人一〇文、弘化元年（一八四四）には一五文であった。

六郷をこへるとみへる江戸と京　　一九ス7

京都がこれほど近ければ楽でいいが、六郷は六郷でも浅草寺裏にある出羽本庄藩六郷氏の屋敷のことである。ここならば吉原の江戸町も京町も見えようというものである。

六郷をしづかにこへる三年め　　四四13

三年前はひどい亭主と別れるために必死の思いで六郷の渡しを渡ったが、東慶寺で三年の勤めを果し、ようやく離縁。安心して六郷を渡り江戸に戻ることができる。

3　川崎

江戸から四里半。川崎宿である。益子広三郎の川崎評は、

此所惣応なる町家なり、爰よりは至極被留候而、始而ゆへ漸言訳いたし酒抔たべ候而罷出申候、

まあそれなりの宿場ということであろうか。強引な宿引にでもつかまったのか、酒だけ飲んで宿を出立している。

錦織義蔵は川崎宿を「中」にランク付けし、

△中屋方ニテ小休、そばや多し

と記している。

川崎の品川と来るむす子旅　二〇37
川さきへ参るかげまはもふいけず　二二24
川崎は麦の中行く帆かけ船　一二九15

川崎といえばなんと言っても川崎大師こと、平間寺である。厄除け大師として今も多くの参詣者を集め

ている。川崎大師への道は川崎宿入口から分岐している。『旅硯枕日記』にも、

大師川原道　六郷川わたりて、直ニ川崎宿入口左手へ行なり、江戸より参詣たへず、

（『民俗学研究紀要』七）

と多くの参詣者が訪れる様子を記している。川崎大師への道が分岐する辺りに、奈良茶飯を食べさせる万年屋があった。奈良茶飯とは奈良の僧侶が食べていたものというが、これに豆腐汁や煮豆などを添えた一膳飯のことで、万年屋は川崎大師への参詣者が立寄ったため広く知られるようになった。

あなたもかわたしも三と万年や　二一29

おやしばらく、あなたもですか。私も三なんですよ。三三は女の大厄、男は四二である。

大師様奈良茶は亀屋万年や　五四38

万年屋のほかに亀屋も詠み込まれているが、安政二年（一八五五）刊の『五海道中細見独案内』には「万年や半七」とあり、亀屋の名は見えない。

うろ覚へ十五年跡来た御てら　一八12

一九の厄に来て三三の厄、つまり一五年目に再び川崎大師ということであるから女性である。

大師河原へつれ立つた七十五　三一15

少し歳は離れているが夫婦揃って厄除けというところか。

そうかと思うと、せっかく厄除けに来ても、亭主の留守中、

大師河原へ行つた跡女房にげ　一三3

では厄の大当りである。

川崎大師や大師河原の辺りは江戸市民にとって行楽地であったが、武士達にとっても息抜きの場であったようだ。

天保七年（一八三六）民部卿こと一橋家の当主徳川斉位は、延気＝気晴しのため六郷の辺りを訪れた。ところが随行した供の者達がとんでもない事件を起こしてしまった（『御仕置例類集』天保類集一三二六・一四一〇・一四五二）。

民部卿が膳所で休息中、昼食を食べに出た供の者は「半七」方に入ったが、ここで酒を飲み酔払ってしまった。「半七」とは恐らく万年屋のことであろう。その半七方の向い側に帰国する松平肥前守―佐賀藩鍋島氏―宿泊の関札が建っていた。

酔った連中はこれが目障りだと言い出し、本陣兵庫方に取り除くよう強要するが、本陣側としては肥前

守の供の者達に相談しなければ取り除くことはできないと応じた。そうこうしているうちに供の者が関札の周囲を囲む竹を抜き出し、長さ三間余の竹の上部に取り付けてある関札を引きおろし、しかも供の中嶋吉太郎は関札を土足で踏みつけてしまった。

　これが時代劇であれば一橋家の供ということで宿場側は泣き寝入りということになるが、現実はそんなに甘いものではない。中嶋吉太郎は死罪に処せられ、他の者達も罰せられている。この事件は関札が参勤交代などの象徴であったことを物語るものであり、関札がいかに重要であったかを示している。そのため今なお多数の関札を蔵している本陣などがある。

　『千草日記』の著者は六郷の橋を渡って川崎に入り、ここで昼食をとっている。

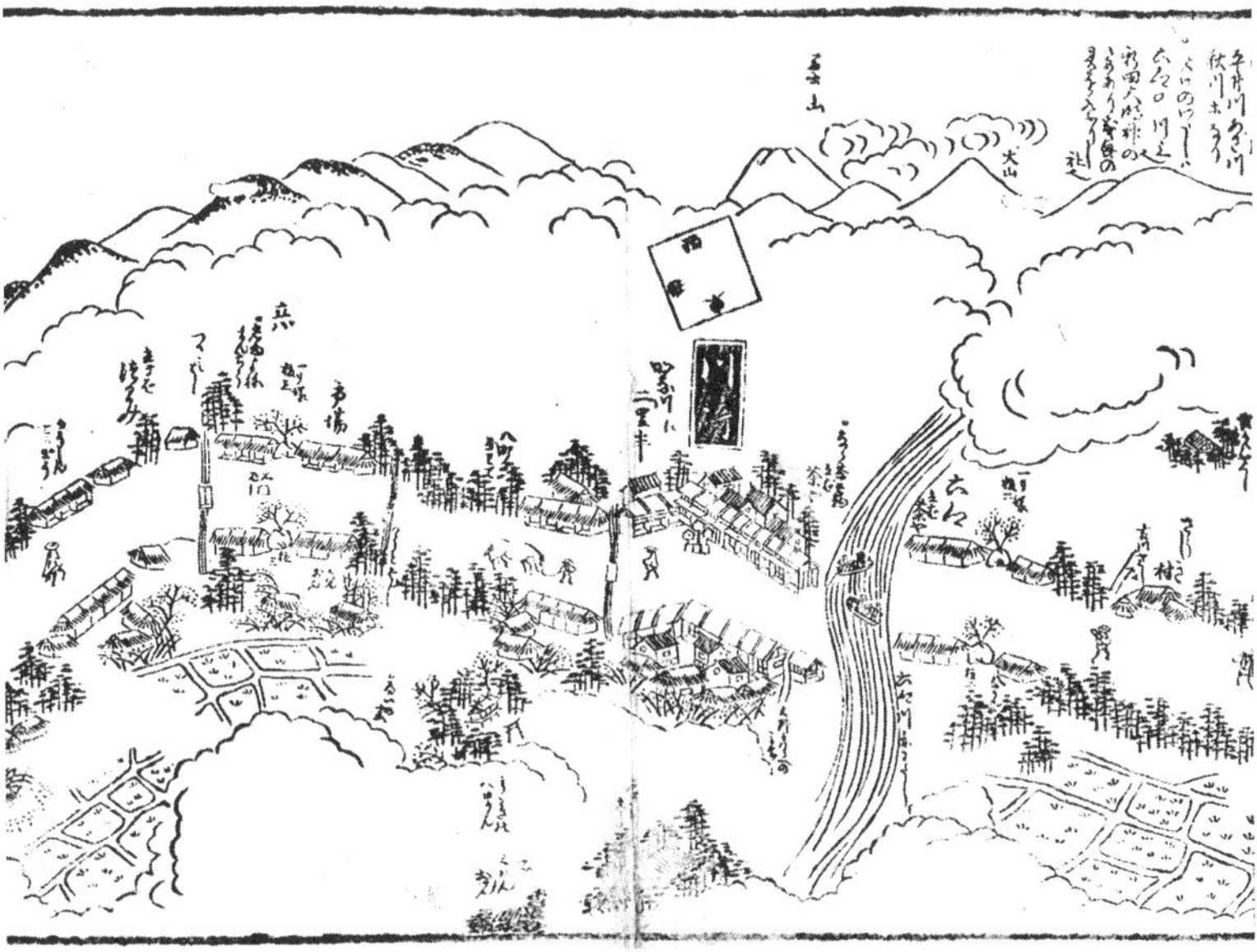

「いざやしばし休みて、腰の重荷の焼飯食いなむ」とて、茶やに入りぬ、召具したる市が曰く、「渋紙包みのいたう重う侍る、遥けき旅の空、如何し侍るべき」とて、こげたる焼飯の上に、涙落として
ほとびにけり、「どれ〳〵いかほどぞ」と持ちてみるに真に重かりけり、

著者と供の「市」は江戸を旅立つ時に用意したとみられる焼飯を食べている。焼飯が具体的にどのようなものかよく判らないが、江戸時代前期の旅における食の様子を知ることができる。それにしてもお供の市はなんとも頼りない。持たされた荷が重いと焼飯の上に涙を落とすようではこれからの旅が思いやられる。致し方なく主人は駕籠に乗り、市の持っていた荷を駕籠の上に付けている。

生麦を過ぎた辺りで駕籠に乗った多勢の坊主と擦れ違った。しかも皆寝入っている。

「いかなる人か、なき人とふとてにや」と我乗りし駕籠かく男に尋ねしに、皆うち笑らひて、「江戸より此比、金川新町につどひし法師ばらの帰るさなり、よもすがら、いのりのすぎて、かう寝入たる」

といふ、心得難し、

神奈川で夜通し観音菩薩を拝み過ぎて、江戸へ帰る駕籠の中で熟睡とは呆れ果てた坊主達である。

川崎を出て鶴見にかかれば名物「米饅頭」である。

饅頭は鶴で茶飯は亀で喰　二七3

鶴は餅亀はだんごで名が高し　七三17

米饅頭の起源については諸説あるようだが、米の粉で作った饅頭で、東海道ということもあってか、鶴見のものがよく知られている。

米饅頭について岡田甫は『川柳東海道』上巻の中で、「現代のフクフク饅頭みたいなもので」あると書いている。このフクフク饅頭を知っている人がどれほどいるか、何人かの人達に聞いてみたが、知っている人はいなかった。筆者は下町で育ったが、小学校高学年あるいは中学生の頃都電の三ノ輪停車場近くでフクフク饅頭が売り出されたのを覚えている。これが大当たりで多くの客を集め、当然筆者も随分と食べた。餡が豊富で美味であったが、皮は米の粉ではなかったと思う。今の食べ物にたとえるなら中華饅の餡饅というところであろうか。

『遊歴雑記』の著者十方庵敬順は川崎大師の米饅頭について次のように書いている（二編下34）。

殊に近頃小き米まんぢうを竹の目籠に入てひさぐもの、土地の名産の様になりて、東武より爰に参詣する人みな土産とす、されど風味麁悪にして食ふべきものにあらず、

どうも川崎大師門前の米饅頭は散々である。

鶴見の次の村生麦は、文久二年（一八六二）八月、薩摩藩士が藩主島津久光の行列の前を横切った英国人を殺傷した「生麦事件」で有名である。しかし旅日記にはあまり物騒な話は似合わない。錦織義蔵は生麦辺りの家屋について記している。

すべて此辺ノ人家藁葺屋根ナリ、棟ニ一八等を並べ植ルナリ、

一八とは鳶尾《いちはつ》のことだろう。大正十年五月岡本一平を代表とする東京漫画会同人が自動車で東海道を旅行した時の記録『東海道漫画紀行』によると、保土ヶ谷宿の鳶尾について次のように書いている。

愈程ヶ谷の宿に乗込む、家々の屋棟《やねむね》御規則のやうに青草が一杯に茂る紫の花が咲いてゐる、先達を承る五十三次通の浩一路程ヶ谷の特徴は即ち之れと説明をする、あやめだ、胡蝶花《しやが》だ、鳶尾だと屋根草の詮議が科学的になって来る、

結局この時は不明であったが、後日鳶尾と判明している。生麦に限らずこの辺りの萱葺屋根には鳶尾が生えていたようである。

4　神奈川

江戸から七里。益子広三郎は、

此町家宜敷相見申候所、夜ニ入て参候所、至極ひき留られ泊り申候、

と、神奈川宿は良い宿場と評価している。広三郎はどうも「引留」に弱いようである。錦織義蔵は「中」の評価である。

神奈川宿は西へ旅する江戸の人達にとって江戸内湾と別れを告げるところであった。それは江戸との別れを意味する。

江戸内湾の眺めは江戸を象徴する風景の一つであったが、神奈川宿を出ると東海道は三浦半島の付け根

の辺りを横断し、次に目にする海は相模灘である。
神奈川宿は江戸内湾見納めの宿場ということになるが、神奈川宿の西側は台町と呼ばれる高台になっており、内湾を一望することができた。当然茶店が建ち並んでいた。
『東海道中膝栗毛』の弥次郎兵衛・北八も台町でひと休みしている。
金川の台に来る、爰は片側に茶店軒をならべ、いづれも座敷二階造、欄干つきの廊下、桟《かけはし》などわたして、浪うちぎはの景色《けいしょく》いたつてよし、
と茶屋の造りとそこからの眺めを誉めている。さらに茶屋の女が
「奥がひろふございます」
というのに対し、北八は
「おくがひろいはづだ、安房上総までつゞいている」
と洒落のめしているが、安房上総は内湾を形成する重要な要素であり、江戸ッ子にとって馴染み深い地であった。
神奈川の台は余ッ程高い所　一二二別22
台町からの眺めはよし、しかも新鮮な魚を食べることができたため遊所として発展した。

神奈川の文は鰹の片便り　一22

新鮮な鰹が江戸に向けて運ばれていくということであろうか。その新鮮な鰹を台町で食べればより一層美味というものである。

神奈川の遊客は旅人はもとより、江戸からの客も多かったようである。なにしろ『千種日記』には坊主が大挙して神奈川から江戸に戻ると書かれている。

海からの客もあった。神奈川沖に停泊している船の乗組員達である。神奈川は港町としても繁栄したため、沖には大型船が停泊し、乗組員達は小船で神奈川まで遊びに来ている。逆に神奈川の飯盛女達が沖合の船まで出向くこともあった。

神奈川の客は大方風できれ　三5

かな川はてんまで来るが為に成　六13

神奈川へ海から上る時花唄　七一9

このあたりで江戸を発った旅人が初日に何処へ泊ったのかをみてみよう。

安永六年（一七七七）十一月二十八日に現在の山形県寒河江市域を旅立った今井幸七の「参宮道中記」によると、十二月八日に江戸に到着し、十一日に江戸を出発。川崎宿に泊っている（『寒河江市史編纂叢書』32)。

文化四年（一八〇七）一月十二日に現在の茨城県土浦市域を出発した岩瀬市郎右衛門の「伊勢道中日記」によると、十二日は我孫子に宿泊、十三日に江戸に入り、十五日に江戸発。この日は神奈川宿に泊っている（『土浦市史資料』一）。

文政元年（一八一八）十二月二日「伊勢参宮道中記」の筆者は、現在の山形県西川町域を出発して十二日に江戸に到着。十五日に江戸を出発し保土ヶ谷に宿泊している（『西川町史編集資料』11)。

文政九年（一八二六）一月十四日に現在の山形県立川町域を出発した藤四郎の「伊勢道中記」によると、一行六名は二月四日に江戸に入り、六日は深川八幡などを参拝して江戸

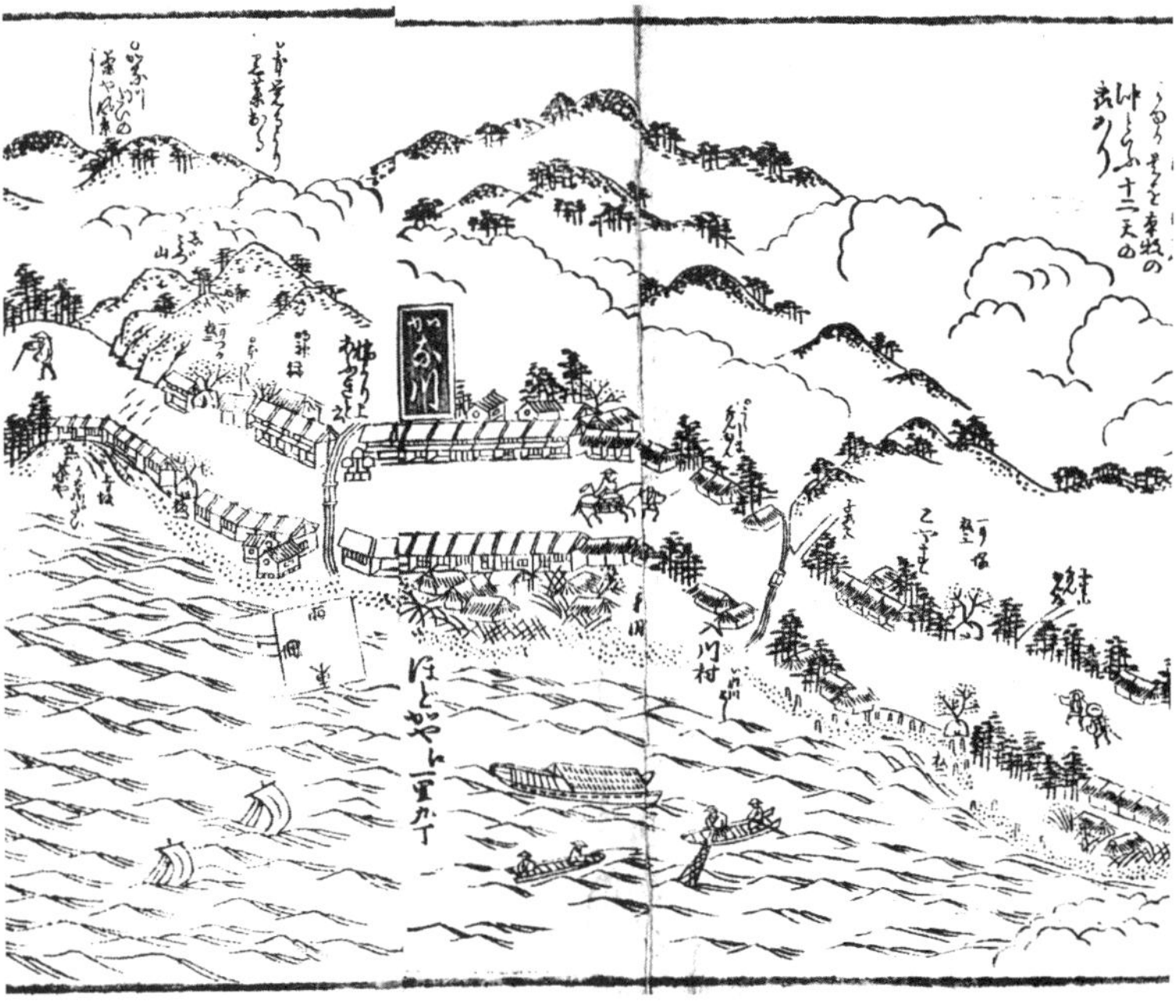

を発ち品川に宿泊している（『立川町史資料』五）。

天保十二年（一八四一）二月一日、現在の兵庫県丹波市域を出発した亀屋勇吉の「善光寺・日光・三拾三所道中記」（筆者蔵）によると、一行四人は日本海側に出て三十三所を巡りつつ中山道に入り、それより善光寺・日光を参拝し、三月五日江戸に到着している。八日に江戸を発ちその日は神奈川に泊っている。

文久元年（一八六一）十二月十一日に現在の茨城県猿島町域を旅立った金子万右衛門の「伊勢参宮路用帳」によると、万右衛門ら六名は十二月十四日江戸を発ち、戸塚宿に泊っている（『猿島町史』史料編近世別巻）。

右に列記した旅人の出発地は江戸以外の地である。彼らは江戸を出発する日も見残した江戸名所や、東海道沿いの愛宕山や増上寺・泉岳寺などを参拝見物しながら江戸を出発するため、品川・川崎泊りということもあるわけである。もちろん意識して品川に泊る連中もいただろう。

金子万右衛門の場合、出発地が江戸以外の地といっても、猿島町は江戸に近いため、江戸に遊びに来たことがあるらしく、江戸見物はほとんどせず、早朝江戸を出て戸塚まで進んだのだろう。

ところでなぜ江戸に住む庶民の旅日記が登場しないのかということについて書いておこう。

江戸幕府や大店の記録は残っているが、旅日記に限らず江戸の人々が書いた記録はほとんど残っていない。それは江戸がしばしば大火に見舞われたこと、ある程度の生活をしていても、農家に比較して家屋が狭くさまざまなものを保存しておくスペースなどなく、紙をはじめとする諸品が再利用されたことなどが挙げられる。

それにも増して記録類が消滅したのは、幕末維新期における江戸市民の移動、関東大震災・空襲そして東京オリンピックによる都市の開発などによってである。

旅に戻ろう。神奈川近傍には幕末に至って新たな名所が誕生した。横浜である。

安政六年（一八五九）横浜が開港すると、外国人が居住するようになり、洋風家屋も建設されるようになった。東国の人々にとって、あえて言うなら長崎が身近に出来たようなものである。異人が見られる、異国風の建物が見られるということで、横浜見物に多くの人々が訪れるようになった。

錦織義蔵も横浜を遠まきに見物している。

△追分　△小休小雨ニ成　横浜道ニ橋有、見物ノ旅人百姓町人之外通行ヲ禁ス、且関門ヲ不通ト云、亦船渡シアリ半道程近シト云、府内鞠町辺ヨリ横浜迄七里余。

○但此辺ヨリ南西ノ方ニ横浜夷館ヲ遠望ス、凡二十町斗有ト云、美ゝ敷事無限大都会也、又沖ノ方ニ夷船大軍艦又大船数艘碇泊ス、折ゝ蒸気船ヨリ大砲ヲ発スナリ、但砲発毎ニ気船ヲ輪廻ス。

今まで見たこともない光景を義蔵は遠望したのである。沖には夷船が碇泊し大砲まで打っている。これこそ旅の土産話にうってつけである。

横浜は日本国内の外国として名所化するが、明治に至り東京には洋風建築が建ち並び、各地の県庁所在地も小横浜化していくことになる。それが関西においては神戸であることは改めて言うこともないだろう。

5　保土ヶ谷

江戸から八里九町。益子広三郎の評価は、

此町悪敷まちなり

と厳しい仕分けである。錦織義蔵の査定も「下中」と厳しい。

宿内からは金沢・鎌倉方面への道が分岐している。東海道線保土ヶ谷駅を降りて、旧東海道を少し進んだ辺りである。現在分岐点には四基の道標が建っているが、うち一基は天和二年（一六八二）に建てられたもので、次のように彫られている。

（正面）

是よりかなさわ
かまくら　道

（右側面）

天和二戌歳十月日
武刕岩間町

（左側名）

ぐめうし道

これにより、一六〇〇年代後半には金沢への行楽的な旅が盛んに行われていたことを知ることができる。

文政六年（一八二三）一月六日、現在の宮城県石巻市域を出発した菊枝楼繁路の「伊勢参宮旅日記」によると、保土ヶ谷から鎌倉への道は悪路であったようだ。

此町中ニ鎌倉江の近道有、至てわろし、戸塚ゟ行べし、

（『石巻の歴史』9）

菊枝楼は戸塚に向っているので、保土ヶ谷からの道のことは何処かで仕入れた情報だろう。保土ヶ谷から戸塚への道も坂の連続。箱根駅伝でお馴染みである。

神奈川の項で旅日記をもとに、江戸を出発した旅人が初日何処へ泊るかについて書いたが、川柳の世界では保土ヶ谷辺りで宿泊するようでは馬鹿にされるようである。

『武玉川』には

初泊にはぬるい程ケ谷　七35

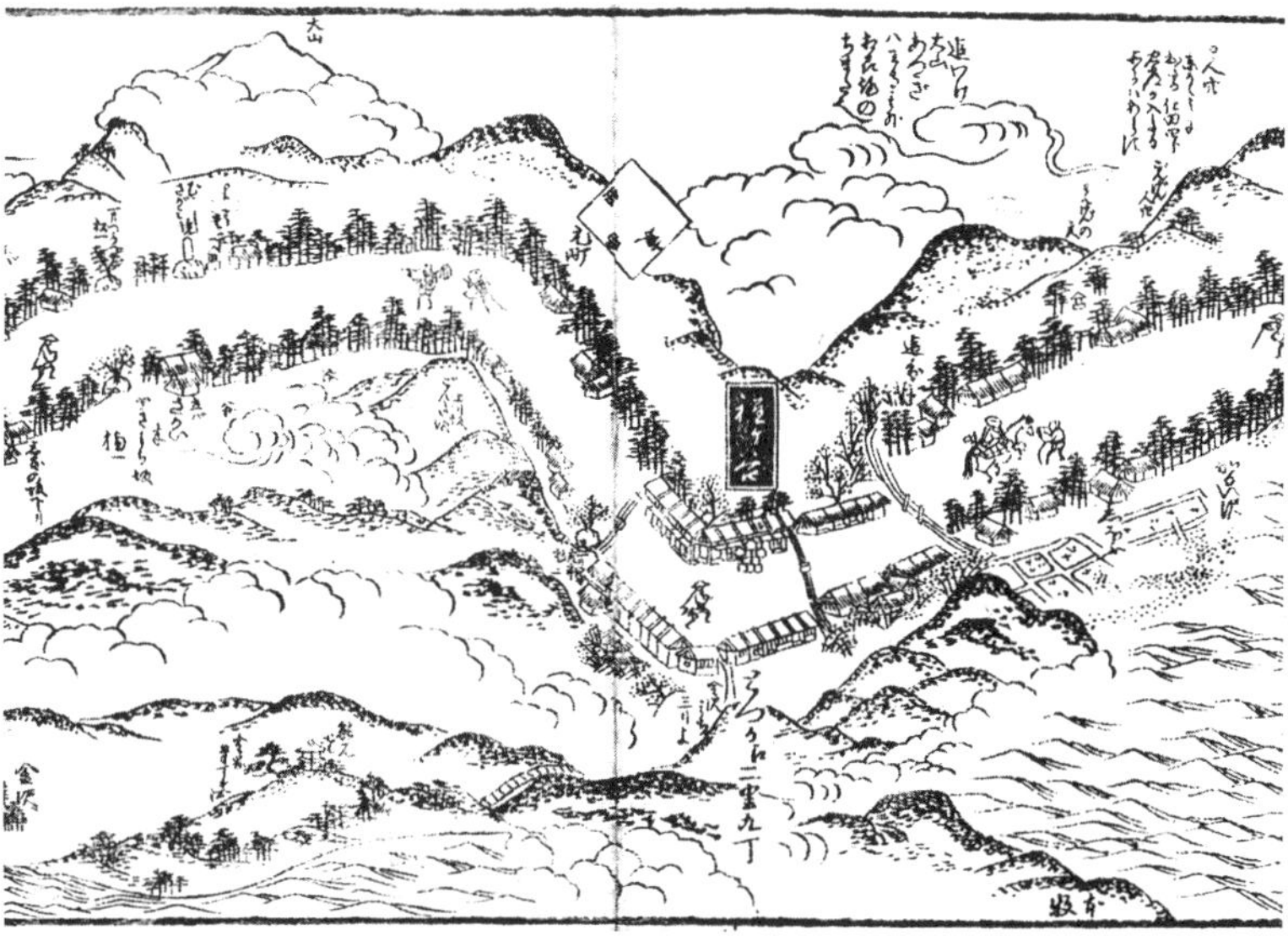

とあるが、恐らくこれは江戸の人が旅に出た時の初日の宿泊地のことだろう。江戸の人であれば増上寺や泉岳寺など江戸近郊の寺社や名所などに立ち寄ることもなく歩いたのであろう。

保土ヶ谷駅から旧道を進むと、東海道線の踏切を渡り国道に突き当り右に曲るが、突き当りが保土ヶ谷宿本陣である。往時の建物はないが、多数の古文書が残されており、筆者が神奈川県史編集室にいた頃、何回も調査をさせてもらった。冬には古典的なストーブがあり、これがまた暖かかった。お嬢さんがパンを作ってくれ、たらふく食べ、土産に持って帰ったことを思い出す。

保土ヶ谷宿を出ると権太坂・二番坂を上り、武蔵国と相模国の境である境木を越えてから焼餅坂を下り、品濃の一里塚からは品濃坂と坂が続く。

旧道の難所といわれる所は現在歩くとそれほどでもない所が多い。それは急坂のほとんどが車輌交通の発達により削られ、傾斜が緩やかになったためである。それに舗装されているから、雨の時泥濘に足をとられて転ぶこともない。

坂の中でも川柳の素材となるのは、当然焼餅坂である。

焼餅坂であま寺の道を聞　二四31

焼餅坂で道を聞松ヶ岡　一〇六14

焼餅坂で駈込寺への道を尋ねさせるとは、川柳子も残酷である。

焼餅坂はさせ好な国境　六二17

相模女のことを詠んだものだが、これもちょっと酷い句である。

もうすぐ戸塚という辺りに、大山への分岐点の一つがある。分岐点は柏尾村であることから、柏尾通り大山道などと呼ばれ、小祠が建ちその周囲には道標などの石造物がある。

道標は四基あり、最も古いものは寛文十年（一六七〇）九月十五日のもので、橋供養を兼ねている。設置者は「ほしのや村」の向入とあるので僧籍にあったものかと思われる。右側面に「従是大山路」と彫られている。

祠の中には正徳三年（一七一三）四月の道標が納められている。高さは二メートル余で、上部には不動明王の丸彫りが配され、正面には「大山道」と大きく彫られている。寄進者は門沢村の人々と、江戸の番町・市ヶ谷田町・数寄屋町の商人とみられる三名である。

享保十二年（一七二七）六月二十八日の大山道標は、江戸は神田三河町の越前屋小一兵衛の建てたものである。

明治五年六月の大山道標は、現在の千葉県流山市域の船大工鈴木松五郎が建てたもので、正面に

　従是大山道

と大きく彫ってある。

歌川広重「東海道五十三次」戸塚宿

このほかに常夜燈が奉納されているが、元治二年（慶応元年＝一八六五）六月のもので、松戸宿の人々が建てたものである。

戸塚宿の見付跡を過ぎると鎌倉への分岐点で、歌川広重の保永堂版「東海道五十三次」の戸塚宿には、柏尾川に架かる橋の手前の茶屋が描かれている。茶屋の縁台には馬から飛び降りる旅人がいて、橋をゆっくり渡ってくる旅人もいる。動と静が調和した構図だが、ここに「左りかまくら道」と彫られた石造道標が描かれている。

この道標は旧道から少し離れた好秀寺境内に保存されている。延宝二年（一六七四）四月のもので、上部が剥落しているため「□くらみち」としか読めない。

多くの旅人はここから鎌倉・江の島を見物して藤沢へ出るため、旅日記の記録は少くなってしまう。岩瀬市郎右衛門の旅日記には、

一戸塚　藤沢へ二り、町入口に鎌倉道左にあり、五十丁上り、

とあるが、これは鎌倉への道では一里＝五〇町ということである。江戸幕府は一里＝三六町としたが、日常生活の中では旧来からの里程を使用しているところが随分とあった。

柏尾川を渡れば戸塚宿の中心街に入っていく。

6　戸塚宿

江戸から一〇里半。益子広三郎は鎌倉に回ったため、錦織義蔵の評価のみで「下中」としている。義蔵達は戸塚の中村屋治兵衛方に宿泊しているが、

寝所二階也、但当度上下之内二階始メテ也、

と書いている。義蔵は江戸へ向う時は中山道を通っているが、旅籠屋の二階へ泊るのは初めてであったようだ。同行の木村氏が途中で食用の菊を買い求め、宿の女中に料理を頼んだところ煮付けてしまった。とんでもない味の菊を食べる破目になってしまっている。

義蔵達は翌日戸塚を出て千本杉という所で休んでいるが、ここで豚を見ている。

此茶店ノ表ニ豚ヲ造ル、豚ノ親子十疋斗リ見ル、子ノ色赤シ、大豚一疋価金四両、子豚ニテ金弐分ト云、

横浜が開港すると外国人目当てに横浜近郊では豚の飼育をはじめた。房総でも富裕層を中心に豚の飼育

が流行したが、その多くは飼育した豚を横浜に売って利益を得る、というより豚の転売により儲けようとしたもので、土地転がしならぬ豚転がしであった（山本光正「横浜開港と房総地域における豚の飼育」『東海道神奈川宿の都市的展開』所収）。

『千種日記』の筆者は戸塚泊りである。相場通りの江戸の人の初日の泊りである。この日は尾張中納言こと徳川光友が藤沢に宿泊するということで、街道筋は騒がしく旅籠屋の主人も「今日は、尾張の殿の御通りとて、人もゑらく侍る」と語っている。この話を聞いた『千種日記』の筆者は、「総て相模の国の人は、物多き事を、ゑらと云也」と記しているが、旅人にとって旅中における大きな関心の一つであり、驚きでもあったのは、各地の方言に接することであった。

『東海道中膝栗毛』の作者十返舎一九はこのことをよく承知しており、『膝栗毛』でも方言を多用してい

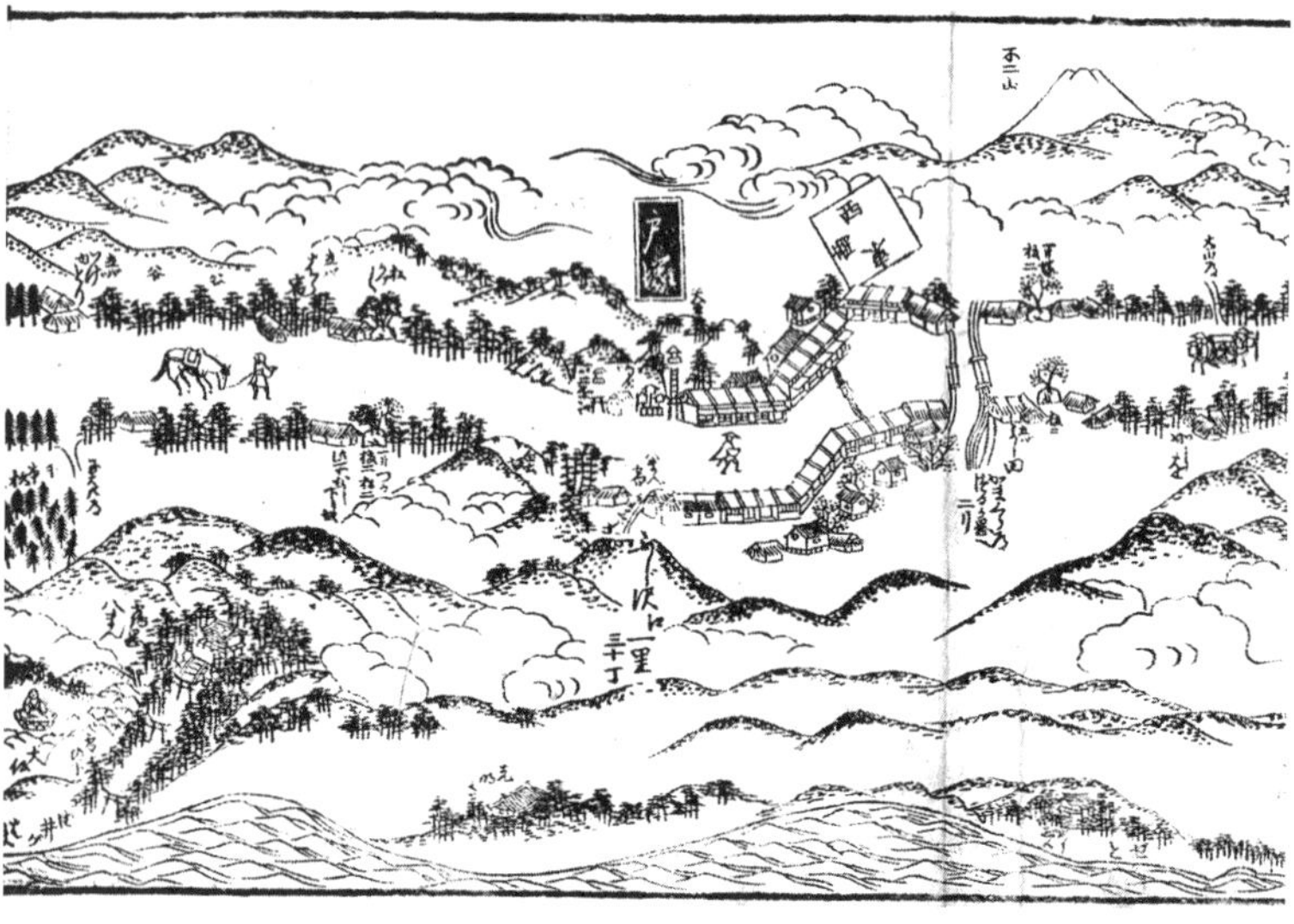

るが、二編上の凡例に次のように書いている。
○駅々風土に随て音律《ものいひ》に清濁の差別《しやべつ》あり、俚言方語の通称に異なることあり、笑ふべきに非ず、古代の詞は却て田舎に残れりと、徂来翁の謂なり、たとへば駿遠両国にて、行といふを行ずといふは行んずる也、酒を呑ず飯を食ずとは皆呑んず喰んずるなりと物類称呼に見えたり、
田舎の言葉・方言は笑うものではないと戒め、以下各地の方言を列挙している。
江戸から戸塚までは一〇里半だが、一〇里半というのは江戸の人にとって江戸から遠ざかったような、近いような中途半端な位置にあったといえよう。

あのげん気よふ戸塚迄行こふぞい　一〇11

旅立ちの時あまりはしゃいでいると、旅送りの連中に「大丈夫かあいつは。戸塚まで行けるのか」と心配されてしまう。

戸塚だと思つた晩にとつかまり　一〇6

またしても東慶寺に向う女性を詠んだ句である。ここで亭主につかまっては泣くに泣けない。

戸塚の御剱睪丸へおつ隠し　一四三31

時代は定かではないが、戸塚宿には大陰嚢を見世物にした乞食がおり、江戸時代の随筆や雑文にも登場している。

7　藤沢宿

江戸から一二里半。益子広三郎は、

此賑敷能町家也

と評価し、錦織義蔵は「中上」である。

藤沢といえば時宗の本山遊行寺。正式には藤沢山無量光院清浄光寺である。一遍上人は布教のため諸国を遊行したため、遊行上人と呼ばれるようになった。

日本各地を歩けば墨染の衣も色が褪せてしまう。

藤沢の鼠は諸国遊行なり　七三37

色が褪せれば鼠色。それにちなんで遊行寺の僧の衣は鼠色である。

一遍に倣って以降、歴代上人も弟子を連れて全国行脚。遊行寺は上人引退後の隠居所といったところである。ようよう上人の座についても、

我寺に成ると遊行は追い出されれ　二35、七八31・35

であるし、主がいないから、

飯焚の主を見知らぬ遊行寺　八九26

ということになる。

遊行上人が遷化、歿した時は蓮の花が咲くという伝えがある。

藤沢の蓮は時候の外に咲き　三六34

藤沢の蓮花時かうにかゝわらず　四二2

藤沢の蓮華末期の水で咲き　六九4

遊行寺は小栗判官・照手姫の伝承でもよく知られた寺である。

小栗説話は室町時代末頃に成立したという。話の筋は幾つかあるが、その概要は小栗が武蔵・相模の郡代の一人娘で絶世の美女照手姫と結婚する。しかし横山一門の反感を買い、小栗とその家臣一〇人が横山三郎により毒殺される。冥界で家臣が助命嘆願し、小栗は黄泉帰るが変り果てた姿となり歩くこともできない。その胸札には閻魔大王の直筆で、「このものを熊野湯峰にいれよ」とあった。そこで遊行上人は小栗を土車に乗せ、この車を引けば供養になると書き付けた。人々に引かれて無事熊野の湯の峰に辿り着き、もとの姿に戻るが、車を引いた一人に照手姫もいた。

美しい車力熊野のゆ場へ来る　三七1
車留すこぶるこまるてるて姫　九八68、九九91・100

その後、小栗は横山三郎を討ち、照手姫と再会することができた。そこで一〇人の家臣の五輪塔が遊行寺に並ぶことになる。

十人の五りんものこる小栗堂　七七25、八九35

藤沢は大山参詣者が精進落としをするところでもあった。

藤沢のげび一さかり直を上る　一八41

山開きの最中は大勢の大山参詣者が泊る。そうなると宿場の風紀も乱れ飯盛女の直（値）段も上ってしまう。

藤沢宿内には源義経の首を洗ったという井戸があり、白幡神社には義経の首が埋められたという。錦織義蔵は弁慶首墓と書いている。

多くの歴史上の人物が通った街道にはさまざまな史跡や伝承があり、それが旅するものにとって魅力でもあった。東西を結ぶ幹線である東海道は特に多くの人々が通ったため、常に史跡や伝承が再生産されてきた。

白幡神社には江の島への道標が移設されているが、大山の帰路参詣者は江の島に向うことが多かった。

藤沢から一里程進んだ四谷が大山への分岐点である。ここに道標が三基残っている。一基は延宝四年（一六七六）六月に江戸の大山講中の建てたもので、正面と左右側面に大山道と彫られ、上部に不動明王の丸浮が乗っている。

もう一基は大きな角柱の道標で、正面に「大山みち」と大きく彫られ、左側面に

万治四丑年正月建立
天保六未歳正月再建

とあり、かつて万治四年（寛文元年＝一六六一）の道

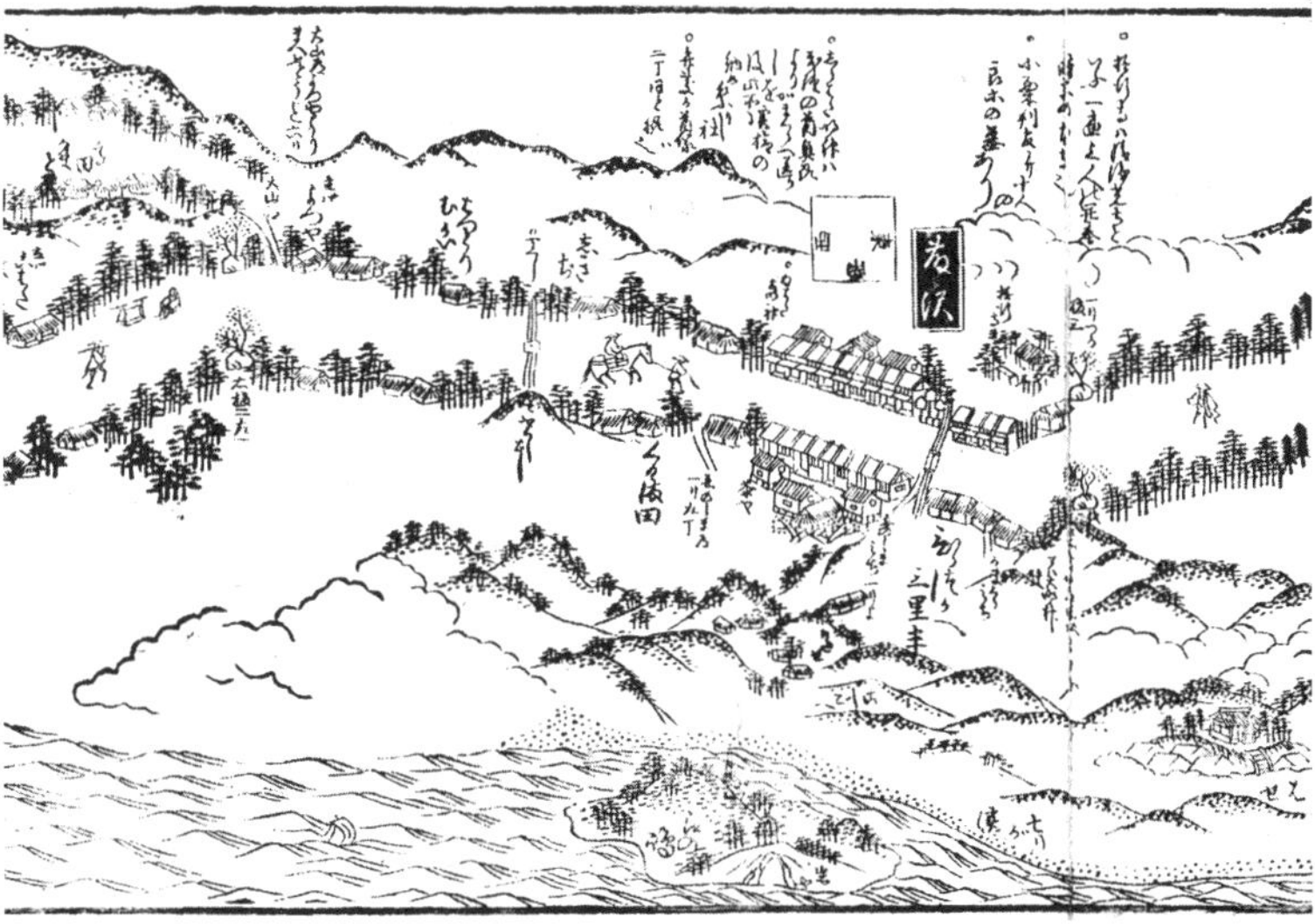

標があったことを知ることができる。なお裏面には大正十二年の関東大震災で倒壊し修理した旨が彫られている。

このほか万治四年の年号と大山と刻まれた常夜燈兼道標があるが、これも後年再建されたもののようである。

大山道を跨いで建つ鳥居もまた万治四年に建てられたものを再建したものである。現在万治四年設置のものは残っていないが、かつて万治四年のものがあったことは疑いないだろう。

戸塚宿手前の柏尾からの大山道の道標や四谷道標などからみて、一六〇〇年代中頃には大山参詣がかなり盛んに行われていたことを知ることができる。

藤沢から平塚へは馬入川を渡る。馬入川は現在山梨県では桂川と呼ばれ、神奈川県に入って相模川となり、河口付近では馬入川とも呼ばれている。

馬入川は鎌倉時代の建久九年（一一九八）、稲毛三郎が亡妻の供養のために架橋し、開通式には源頼朝も参列している。頼朝はその帰りに落馬し、これがもとで亡くなったといわれている。

大正十二年関東大震災の時七本の橋脚が露出、三本の橋脚が土中より発見されたが、鎌倉期の橋脚のようである。

馬入川にいつまで橋が架かっていたかは定かでないが、江戸時代は渡し舟によって川を渡った。当時の馬入川は正月から六月までの平均水位が七尺（二一メートル余）で、三尺（約一メートル）増水すると川留。

七月から十二月までは平均水位五尺（一・五メートル余）で三尺増水すると川留になった。増水だけではなく風の激しい時も川留になった。この川は南北の風が強く吹くところという。

馬入川の渡舟賃は文化九年の益子広三郎の日記によれば一二文とあり、弘化二年（一八四五）一月に現在の東京都世田谷区域を伊勢に向け旅立った喜多見国三郎の「伊勢参宮覚」（世田谷区教育委員会編『伊勢道中記史料』）には一五文とある。

錦織義蔵はというと、彼らは船橋を渡っている。慶応元年（一八六五）五月十六日将軍徳川家茂は上洛の途につくが、将軍上洛ということで馬入川に船橋が架けられた。撤去するまでは旅人もこれを利用することができたわけである。ただし無料というわけにはいかず、橋代一二文を徴収されている。

川柳の方では馬入川ということで馬と関連した句が詠まれている。

背をわけて早も雪解の馬入川　一一九20
馬入の口へ白泡の浪が寄せ　一二九20

馬入川を渡れば平塚宿である。

8　平塚宿

江戸から一六里。益子広三郎は次のように記している。

此宿悪敷次ば也、まんぢう名物なり、東立場西立場といふたてばあり、爰にて昼食仕申候、

「次ば」とは、継場とも書き、宿場のことである。

錦織義蔵は「下中」と評価し、彼らもここで昼食をとっている。

△左ノ方藤屋中休　辻氏五兵衛衣川三人等、但此家ノ表ニ種々ノ肴魚類生テアリ、但大キサ尺余リ也、大カマス塩焼中付味ヨシ、

両者共に平塚宿に対する評価は芳しくないが、義蔵の日記によれば藤屋には生洲でもあったらしく、新鮮なカマスの焼いたものを食べている。

旅人にとって平塚はどうも印象に残らない宿場のようで、諸々の旅日記を見ても記述が少ない。当然平塚を詠んだ句も極めて少ないようで、柳多留に平塚を詠んだ句を見つけることはできなかった。岡田甫の『川柳東海道』上にも直接平塚を詠んだ句は収録されていない。『江戸川柳東海道の旅』（江戸川柳研究会編）ではかろうじて「眉斧日録」

から次の一句を載せている。

　平塚の宿は毒にも薬にも　八24

言い得て妙というか、川柳子がこのような句を詠むほど句の作りようがないというところだろう。

平塚からは前方に高麗山を眺めながら旅を続けることになる。

9　大磯宿

江戸から一六里二七町。益子広三郎の評価は「此宿能町なり」、錦織義蔵は「中」の評価である。

歌川広重が描く高麗山は標高一六〇メートルほどであるが、相模湾を一望することができ、その山容は半円形で、眺めていると気持がゆったりとしてくる。

　大磯へ鼻を出してる高麗寺　一三六24

高麗山から眺める大磯辺りの浜は「こゆるぎの磯」と呼ばれており、『万葉集』をはじめ多くの歌が詠まれている。いわゆる歌枕の地、名所＝ナドコロであった。

花水橋を渡ると大磯の宿に入るが、花水橋はその名称からか歌舞伎に登場する。「弁天小僧」の赤星十三郎の台詞に、以下のような一節がある。

花水橋の斬りどりから、今牛若と名も高く、忍ぶ姿も人の目に、月影が谷見越ヶ岳……

「先代萩」の足利頼兼が悪人に襲われるのも花水橋である。

橋は川に豊かな水が流れていてこそ格好がつこうというもの。

冬枯て花水橋もしみつたれ　㈩別中23

どうも橋が風邪でも引いているようでサマにならない。

大磯は平塚に対する反動でもあるかのごとく多くの句がある。解釈しがたいものもあるが列挙しておこう。

大いそは欠落するにわるい所　一25

大磯の落馬はすぐにたばこにし　一31

大磯にきうせん筋の地蔵あり　一42

大磯へ馬士はせい〳〵追て来る　四3

大磯へどろぼう〳〵と馬士は来る　四25

大磯の江戸とはていしゆむしが知り　八27

大磯でやう〳〵馬を取りかへし　二三41

大磯で和田新造によりかゝり　六二21

大磯に欠びしている和田の供　一六五6、一六六31

大磯には旅人が必ずといってよいほど旅日記に書きとめるところがある。一つは延台寺で曾我十郎祐成の愛妾と伝えられる虎女の像や虎御石、曾我兄弟の像が安置されている。

虎御石とは虎女誕生にまつわる石のことである。かつて大磯の辺りに住んでいた山下長者夫妻が四〇を過ぎても子ができなかったため、虎池弁天に祈願をした。すると夢に弁天が現われ、目が覚めて弁天の座っていた辺りを見たところ美しい石があった。

この石を仏間に安置したところ、妻は妊娠して虎女が生まれたという。ところがこの石は虎女の成長と共に大きくなったため、弁天像を彫って石と共に祀ったと伝えられている。

このほかにも虎が十郎を思うあまり石になったとか、美男だけが持ち上げることができる等々の伝承がある。

虎の皮はゐで祐成米を買い　三八36乙

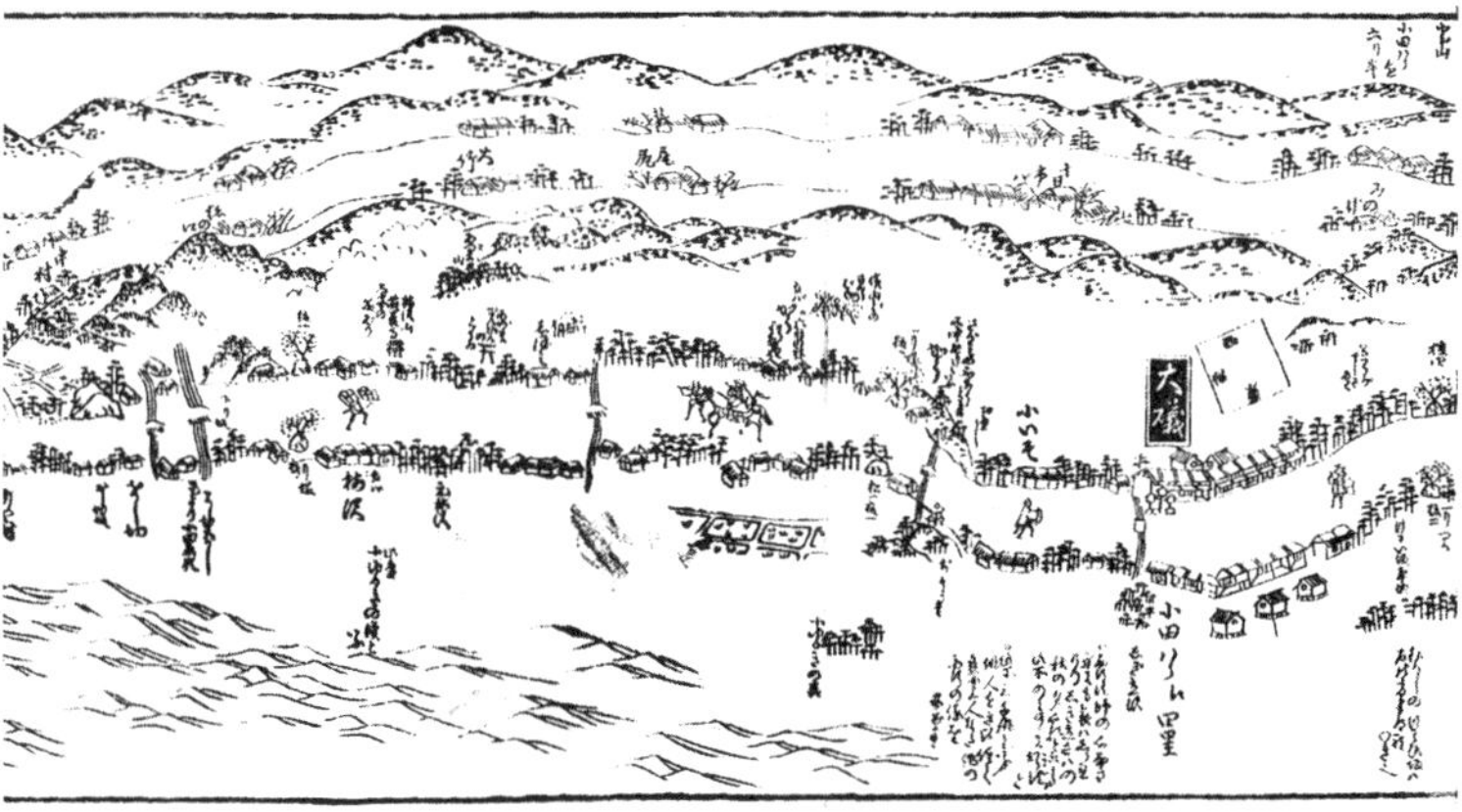

とらひとり相模女とおもはれず　七一18
祐成は虎のなき声聞た人　八〇7
祐成は時々虎のかわをはぎ　八六1・2

虎も川柳子にかかっては散々である。これ以上書くのはやめよう。つい筆がすべってしまう。

虎が雨玉屋鍵屋はもらひ泣き　一〇〇145
虎が雨降つて花火も流れなり　一四九19

五月二十八日は十郎の討死した日だが、この日に雨が降ると「虎が雨」といった。雨で花火が中止となれば玉屋・鍵屋も泣けてくることだろう。

日記に記されるもう一つは鴫立庵である。鴫立庵は鴫立沢の西の崖上に建つが、鴫立沢は西行法師の

こころなき身にもあはれはしられけり鴫立沢の秋の夕暮れ

で知られるところである。

西行が詠んだ鴫立沢とは鴫が飛び立った沢ということで、特定の場所ではなかったようだが、いつしか鴫立沢は大磯となったようである。

この鴫立沢に江戸時代の前期小田原の外郎家の隠居崇雪が小庵鴫立庵を結んだ。彼は俳諧・茶事を好み、下男と共にここで暮したという。鴫立庵にある五智如来の石像も崇雪が安置したものである。鴫立庵はその後荒廃するが、元禄八年（一六九五）に俳人大淀三千風により再興され、同十年には西行法師五百年忌ということで、西行庵が建てられている。

鴫喰ふと聞けばおそろし土地の無雅　㈩別中23

風雅の道は大変である。歌に詠まれたばかりに食べることもままならぬ。

鴫焼を西行庵で好まれる　七三12

鴫焼をのがれ仏の馬に成り　九七6

鴫焼は鴫焼でも茄子の鴫焼であろうか。

鴫立つたより酒たつた秋のくれ　五五16

鴫立ではなく酒断ちか。

鴫たてば行脚もしばし立どまり　七一5

鴫や立沢にけろりと墨衣　七三1
鴫立つた跡に淋しき塚も立　七八9
鴫は歌鳥句になる秋の暮　一五八3・6
鴫一羽たつ所もなし江戸の秋　八三60、一二一26

生き馬の目を抜くような江戸では、鴫一羽飛びたつような風流なところもないということか。

へんてつもない所にて鴫はたち　八四23
鴫がたゝぬとへんてつもない所　一二一乙25

鴫が飛び立たなければ、なんの変哲もないところである。

冬ならば鴨立沢と詠む処　九三31・33

もう少し季節が遅れれば鴨がメジャーになったものを。

なぜ鴫が立てばあわれと無雅な奴　一三五1

そりゃあまあ鴫が飛び立ったからといって、いつも風流とは限らない。

鴫が立ぬで見て居ると馬鹿行脚　一六四23

西行のおかげで鴫も大変なことになってしまった。

江戸を発って最初に日記に詳しく記されるのが大磯宿である。まずは『千草日記』から。

平塚、里のこなたの右に山有て、高麗寺といふ寺有、大磯の虎といへる女、曾我十郎になれて後、尼になりて住みける所となり、尚、過ぎて花水の橋を渡る、昔、この川の上に桜多く有て花散る比は、こゝに流れるとて名付けるとなん、

大磯、里に入所を、小磯村といふ、そこに細き流れ有て、鴫立沢といふ、西行法師の哥に、

心なき身にもあはれは知れけりしぎ立沢の秋の夕ぐれ

此大磯に、古へ、とらが石とて、往来の人、己が力のほどくらぶるありしが、今はいづちにか持て行けん、

次に登場してもらうのは公家の日記『東行話説』（『随筆百花苑』13所収）である。公家の日記は本書に似合わないと思われてしまうが、筆者土御門泰邦はなかなか洒脱な人物で、日記は滑稽を旨としている。さらに彼は意地きたないほどの健啖家で、名物を食べては貶している。土御門家は暦学・天文の家であり、泰邦は安倍晴明の子孫ということになる。

旅は宝暦十年（一七六〇）一月十四日京都を出発し、同月二十五日に江戸に到着している。旅の目的は

将軍家重が右大臣に就任し、右近衛大将を兼ねる宣旨を江戸に持参する勅使に従ったものである。

大磯の宿より少し右に入、鴫立沢あり、秋にはあらねども、夕暮の気色は同じ淋しさにや、見るに何とやらん浅間に、又俗成風情也、いぶかしさに尋れば、近年誹諧師など打寄て、庵を結び、西行の塚を建立したる所にて、古への跡ふりしまゝにてはなしといふ、さても散々なる事かなと思へば、

心なき身にもあはれはしられけり鴫たつ沢の今の俗さに

鴫立沢を見た泰邦は、秋ではないが、同じような淋しさが……と思ったら何やら建物がある。聞けば誹諧仲間が建てた庵。昔のままの鴫立沢ではないことにガッカリしている。

益子広三郎は、

此宿能町なり、町中ニ延台寺といふ寺有、大磯の虎の石冥加銭拾弐文宛にて見物仕候、此町出口ニ小寺有、西行法師像・虎御前の像・西行の真筆・中納言師輔筆有、開帳銭拾弐文ツヽ拝し申候、

虎御石を見るのに一二文、西行像等々を見るにも一二文とられている。

文政十一年（一八二八）一月十八日現在の山形県寒河江市域を旅立った渡辺安治の『伊勢参宮花能笠日記』（『寒河江市史編纂叢書』23）によると、二月二十一日大磯に宿泊している。彼もまた「とらこ石」を一二文支払って見物している。大磯宿の宿泊代が一六四文であるから、見物代は約七・三％にあたる。江戸時代の物価あるいは貨幣を現在の金額に置き換えることはなかなか難しいが、旅の場合宿泊費を基準に考えるとわかりやすいだろう。

文人でもある大田南畝は当然虎御石や鴫立庵等について詳しく記しているが、驚くのは強行軍の最中に虎御石を見たり、鴫立庵に立ち寄っていることである。南畝が江戸を出発したのが享和元年（一八〇一）二月二十七日で、この日は保土ヶ谷に泊り、翌二十八日は小田原まで移動している。移動距離一二里である。南畝は駕籠に乗っていたとはいえ、相当の強行軍である。下手な駕籠舁であれば船酔状態になってしまう。

そろそろ大磯を出立しよう。大磯から小田原までは四里と距離が長い。その間の国府本郷村地内字中丸と、山西村地内字梅沢は立場＝休憩所であった。このうち大磯から一里半の所に位置する梅沢の立場は眺望もよく、多くの旅人が立ち寄り、次第に旅人を泊めたり参勤交代の大名が休息するようになったため問題化している。

錦織義蔵はその梅沢の繁栄振りを次のように書いている。

○梅沢《雨晴》　街道ノ中程左ノ方津た屋《本陣ナリ》ヨシ、表ニふじノ木ノ大棚アリ、旅人多ク来集ス、△此処西ノ町ハズレ小休、カニジキト云魚切目アリ、色白□白豆腐ノ如シ、珍ラ敷テ食ス、味アシク跡ニテそば切ヲ食ス

江戸時代の交通制度の原則からいえば、宿場以外に本陣を設けることはできなかった。「津た屋」は旅人には本陣と思うほどの建物であったのだろう。しかし義蔵「カニジキ」なる魚を食べたはいいが、そばで口直しとは気の毒。

梅沢を過ぎると酒匂川の川越である。酒匂川は川越人足により肩車や輦台で渡河したが、十月五日から三月五日までは仮橋が架けられた。川越は本来川会所が世話をするが、酒匂川では川会所がこれを怠り、旅人は川越人足と直接交渉したため、規定以上の川越賃を取られていた。そのため寛政元年（一七八九）幕府は川会所が世話をするよう命じている。

天保十一年（一八四〇）二月十八日、現在の福島県川俣町を旅立った大内伝兵衛（壷山）は、四月二日に酒匂川を越えている。伝兵衛は三井越後屋と取引があり、三井家一三代当主高福の招待で京に上っている。二月に在所を出て四月に酒匂川を越えたのは江戸に滞在していたためである。伝兵衛の旅日記『西遊記』には川越について次のように記されている。

　○大磯廿七丁　此処ニ鴫立庵あり、
　　此間に酒匂川といふ川あり、落橋ニて蓮台（輦）こし也、壱人前百九拾文宛、折ふし大風雨ニて吹あれ、
　　川中にて大灘渋いたし候、

落橋と書いているが、三月五日を過ぎたので橋は外され、輦台越代金一九〇文を払っている。

錦織義蔵は慶応元年（一八六五）五月二十七日に輦台で酒匂川を渡るが、代金は一〇五文である。伝兵衛は大風雨の中を渡河したため、川越賃が高かったのだろうか。

遥かに望んでいた小田原城も次第に大きくなってくる。

10 小田原宿

江戸から二〇里二七町。益子広三郎は以下のように記している。

　相州小田原城主拾壱万三千石、大久保加賀守殿御城有、よき御城下也、

「よき城下」と判定。錦織義蔵も「上」を付けている。義蔵の日記には幕末の様子を示す次のような記載がある。

　但当駅内南向キ海岸ニ堅固ノ大砲ヲ処〻拠置ナリ、

海防のため海岸に並べられた大砲が幕末の不安な情況をよく表している。義蔵達といえば、一行の一人木村氏が途中で買い求めたスズキを宿で料理してもらい賞味している。

　時代は江戸から明治へと移る政情不安なときである。義蔵達の旅は江戸での訴訟という必要に迫られた旅であったが、このような時期にも寺社参詣、伊勢参宮も盛んに行われていたようである。現在からみれば驚きでもある

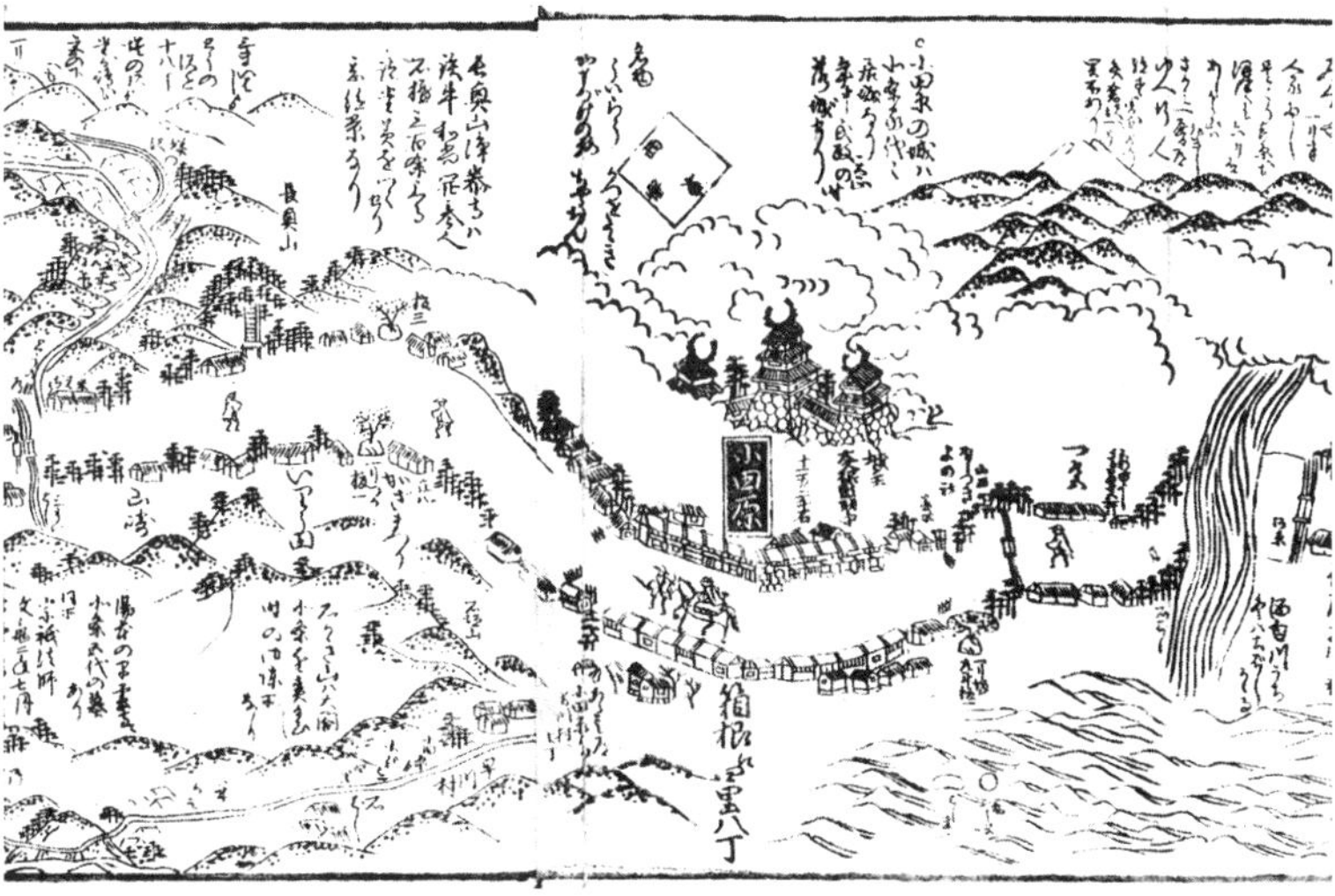

が、それは現代の人々が当時の人々より多くの情報を持っている、あるいは持ち過ぎているため、時代の不安定さを強く意識してしまうからだろう。それよりも何よりも政権がどうあれ、庶民のしたたかさが旅に向かわせたといったほうがよいかもしれない。

小田原といえば外郎《ういろう》である。石巻の菊枝楼繁路は、

此町中ニうゐろうと云菓有り、随分能菓なり、

と外郎は美味しい菓子と記し、大田南畝は、

右のかたに、八棟づくりの家みゆるは、名におふ外郎の薬うるなるべし、

外郎の店が八棟造りと呼ばれる建物であること、外郎が薬であることを記している。

現在では外郎といえば菓子のことだが、外郎とは外郎家のことである。元に仕えていた陳宗敬は礼部員外郎という役にあったが、元の滅亡により日本に亡命し博多で医を業とした。その子孫が応永の頃京へ上り、透頂香《とうちんこう》という薬を製造販売するようになった。子孫は代々外郎を姓とするようになり、永正元年（一五〇四）北条早雲の招きに応じて小田原に移り住んだという。透頂香は外郎とも呼ばれるようになり、菓子としての「ういろう」は薬を飲んだあとの口直しといわれている。

八棟造りの建物は関東大震災で倒壊し、現在は鉄筋コンクリート造りではあるが、天守閣のような立派な建物が建っている。外郎の歴史には及ばないが、小田原にはこのほかにも歴史を有する済生堂薬局がある。

「ういろう」が広く知られるようになったのは、二代目市川団十郎が上演した「ういろう売り」の口上によってである。

拙者親方と申候は、御立合の中に御存知のおかたもござりましょうが、お江戸を立って二十里上方、

相州小田原……

早口で喋りまくる台詞である。

ういろうを越すと口より目がまはり　八〇20・22

ういろうの台詞はよほど口が回らなくてはできぬもの。そしてういろうを越えれば箱根の上りで目を回す。

旅の携帯品の一つ、小田原提灯もその名のごとく小田原の名物である。小田原提灯は天文年間に小田原の甚左衛門が作り出したものという。円筒形で折りたためば懐にも入ってしまう。

小田原挑灯香と知つたふり　㈩別中24

「小田原といえば、ちょうちんこう」知ったかぶりは恥をかく。

小田原を付けて又消す長評義　五四26

豊臣秀吉の軍勢に囲まれた北条方はなかなか結論が出せず評定ばかり続いた。いわゆる小田原評定である。何度小田原提灯に火を入れては消したことか。

評定の内ういろうを士卒かい　二〇30
又明日と小田原の上座たち　二一25
小田原責は評定に手間がとれ　一〇三40

現在小田原の名物といえば梅干と蒲鉾が有名であるが、江戸時代の記録や道中案内をみると、どういう訳か梅干と蒲鉾は登場しない。たとえば『東海道名所記』には、

小田原足駄　夢想枕・外郎

が紹介されている。夢想枕とは、五つまたは七つの入れ子に作った箱枕のことである。

宝暦二年（一七五二）刊『新板東海道分間絵図』によると、名物として次のものを挙げている。

ういらう　かつをたゝき　かすづけの梅　ちやうちん

このうち「かつをたゝき」とは現在の鰹のたたきとは異なるもののようである。梅干・蒲鉾はここにも載っていない。

梅干はいつの頃から作られるようになったのかは知らないが、近世の日本では各地で作っていたものと思われる。そこで小田原では梅を粕漬の梅に加工し、これを茶店などで客に出し名物となったものであろ

う。ただし筆者は粕漬がどのようなものか知らない。

蒲鉾については、小田原で獲れた魚を箱根山中に運んでいたのでは魚が腐ってしまうので、蒲鉾に加工し温泉場まで運んでいたという話があるようだ。

江戸市中への魚の供給をみると、銚子や安房で獲れた魚を江戸まで運んでいる。それに較べれば小田原から箱根山中の温泉場まで魚を運ぶことなど造作もないことであったから、箱根に運ぶため云々というのは肯定し難い。

小田原からは東海道の難所箱根越えである。そのため多くの旅人が小田原に泊り、翌早朝箱根路に向った。箱根を越える、あるいは越えてきた旅人の宿泊のため、天保十四年（一八四三）の調査によると九五軒の旅籠屋があった。

箱根は温泉場である。俗に箱根七湯と呼ばれる温泉場があったが、七湯の一つ、湯本は小田原から一里ほど。しかも東海道沿いの温泉場であったことから、多くの旅人が泊まった。旅人としては、できることなら温泉場に泊りたかっただろう。

湯本に泊った旅人の日記を見てみよう。

文化年中（一八〇四〜一七）と思われる頃の二月一日に、現在の茨城県江戸崎町を出発した栗山文助の「上方・金毘羅参詣覚書」によれば、彼は二月七日湯本に泊まっている。

……同七日ばん　箱根湯本福住九蔵宅　ヨシ

旅子代弐百五拾文　誠にらく湯ニ御座候、
爰ニ而かミをゆへ三十弐文
（川崎吉男編著『伊勢参宮日記考』上）

「誠にらく湯」、温泉に入り一日の疲れがとれていく様子が伝わってくる。気分がよいところで髪も結っている。

『伊勢参宮花能笠日記』の渡辺安治は文政十一年（一八二八）二月二十二日に湯本泊。

一湯本福住屋九蔵泊、内湯有、弐百文

文久元年（一八六一）二月十五日、現在の足立区千住を出発した下野屋市左衛門は同月十九日に湯本泊。

……夫ゟ湯本江正八ッ時着す、福住屋九蔵江泊り、湯治仕候、是ゟ谷間八町上ニ塔之峯・同沢湯治場・熊野権現社御座候、此処ゟ奥名所湯治場有与聞、八百文泊り、小遣共払、
（『神社仏閣参詣控』足立区千住鈴木家文書）

たとえ一泊でも湯治である。旅の途次温泉に入ることができた喜びが「湯治仕候」に込められているようである。

文久元年十二月十一日、現在の茨城県猿島町を出発した金子万右衛門は、同月十六日に湯本泊。

此時夕八ッ時頃宿ニ着、夫より直ニ湯ニ入夕喰後壱度入、夜の九ッ時分湯ニ入、朝喰ハ極早ク右福住の女中朝喰のめしを赤碗の大キイノニ大造ニ盛、夕朝共振舞至極宜、

宿に着いて直に入湯。そして夕食後また温泉に入る。至福の時であろう。しかも夕食も朝食も満足〳〵。

文久三年一月十三日、現在の茨城県阿見町を出発した野口市郎左衛門の「道中日記帳」によれば、同月十七日に湯本泊。

一四百文　箱根湯本小川や万右衛門泊り
　湯ニ入事何度デもかまへなし、
　小川やニ而めし山ノ如くニもる、
（川崎吉男編『伊勢参宮日記考』上）

湯に何度も入ることができる。これは旅人にとって大きな魅力であったろう。旅籠屋の風呂といっても一度に多くの人が入ることができるような大きなものであったとは思われない。しかも一通り客や旅籠屋のものが入れば火は落とされてしまう。温泉場の待遇は「やらずぶったくり」ではなく食事も十分とくれば小田原より湯本ということになる。

現在温泉は気軽な旅行地・行楽地になっているが、本来温泉場は病気療養の場であり、短くても一週間前後、長ければ一ヶ月も逗留するところであった。

湯本に旅人が宿泊して被害を受けるのは小田原と箱根である。しかも前にも述べたが旅人が宿場でもない湯本に泊まることは原則禁止である。

こうした状況に手をこまねいてはいられないと、文化二年（一八〇五）箱根宿は小田原宿と共同して、畑宿と湯本への旅人宿泊禁止を訴え出た。

畑宿は箱根へ一里余ほどのところに位置し、慣例的に旅人を休泊させてきた。訴訟は複雑な展開をみせるが、畑宿側は「行暮・足痛」、つまり宿場に到着する前に行暮れたり足を痛めた旅人を宿泊させていると主張し、湯本は一夜の湯治「一夜湯治」であると主張している。

訴訟の結果は畑宿における止宿等の特例が公認され、湯本における一夜湯治の慣習の再確認という結果に終っている。藪を突いて蛇を出すことになってしまった（大和田公一「間の村と湯治場にとっての『一夜湯治』」『交流の社会史』）。

ところで旅日記に度々出てくる福住は、今もなお高級旅館として営業をしている。

湯治場で馴染お八重と痔兵衛さん　一四一18

まあ病気といってもいろいろな病気がある。下手をすれば湯治場で病気をもらってくることになってしまう。

湯治から少しはよみもつよくなり　四38

長逗留ともなればやることもなくなり、仕様がなく本でも読むことになってしまう。

塔の沢長温泉して聞く鹿の声　一四六28

ゆったり湯につかり、鹿の声が聞こえてくる。なんとも風流。

あしの湯といへど箱根の天窓也　　三三41、八四20、一三七24

芦（足）ノ湯とはいうけれど場所は山の上。

11　箱根路

温泉場のことを書いていると足が鈍ってしまう。箱根路を登らなければ。

四里に四里箱根は一の御要害　　八一35

小田原から箱根まで四里、箱根から三島まで四里。箱根八里は江戸の守り、天然の要害である。

箱根より要害堅き母の咳　　一二五25

夜遊びに抜け出そうとすると母の咳払い。箱根八里より恐ろしいか。

初旅の胸に蓋する箱根山　　一二九18

あまりの急坂に胸が地面についてしまうようである。

厳密に箱根の旧道を通ったならば、かなりの急坂を登ることになるはずである。先きにも記したが、難所といわれるところを現在歩いてみると、それほどでもないことがよくある。それは近代に入り馬車や自動車が通行するようになると坂が削られたためである。大幅に削り取って切通しのようになってしまった所もある。都内でも九段の坂をはじめ、車輛通行にあわせてかなり削り取られている。筆者の住む房総は岩盤が柔らかいため、近代に入ると各所にトンネルが掘られている。

欠落の追人箱根が関の山　一一22・23・25

駆け落ちを追いかけてきても、箱根でつかまえることができなければあきらめることになる。

朝帰り敷居が箱根八里ほど　四一8

箱根は箱根でも、時として敷居が箱根八里になってしまう。

春の笑らひは箱根山こしてから　二三33

三河万才の連中のことだろう。

享和元年（一八〇一）二月二十九日、大田南畝一行が箱根越をする日である。

二十九日　よべより雨こぼすがごとくふりて、をやみなし、けふは名におふ箱根の山こえんに、かくてはあゆみぐるしかるべく、夜あけぬほどはつい松の火もうちけたるべきなど、従者のかたみにいひあへるもことはりなり、これ王尊が馬をいさふ所と思ひおこして、卯時の酒二つきばかり傾け、従者にものませて出たつに、夜はほの〴〵と明けわたりて、雨もやゝをやみぬ、城下のさまにぎはゝし、旧暦とはいえ二月下旬の雨はまだ冷たいだろう。南畝一行は夜も明けぬうちに起きて出発の仕度をしている。暗いうちは松明を焚いている。南畝は景気づけのために酒を飲み、従者にも振舞っている。

『千種日記』の著者はあまり頼りにならない従者と共に、天和三年三月十三日小田原を出立している。

十三日、雨降る、夜明て旅屋を出る、右に外郎売る家あり、町を過ぎて筥根の山に登る、「市よ、足踏みそこなふな、四里登り四里下るぞ、殊更雨も降り出て、峰は雲覆ゐて道もさだかならじを」などいふ、市もやう〳〵歩み慣れて、江戸を出し比よりは、しどけなげさも、少し静まりて、下の帯下りも短くみへ、脚絆の紐も結び下げず、踏む足並も、いと軽らか也、「出かすぞ、それではみごと此山もならふぞ」などほむる、「あなふびんや、かう狭き袖をも主と頼みて、はるけき旅に思ひたつらん」とうち涙ぐまる、左に繋りたる山を石垣山といふ、秀吉公、小田原の城を攻給ふ時、向城を築きし所也、湯本・川ばたなどいふ里を過ぎて、二子山のふもとをめぐる、こゝよりは、尚、道険しう雨もいたう降り出て、雲足元よりおこり、踏む岩かどもたど〳〵しう、からうじて登る、

主人は従者の市に注意をしているが、ようよう市も旅も旅に馴れ、歩く姿も少しはサマになってきたようである。二子山を過ぎた辺りから道はより険しくなり、雲は足許から湧き出している。

ここで女性にも登場してもらおう。江戸柳原の松下町の北沢いと女で、旅に出るきっかけは、彼女の友

人の天満屋のみを女の息子らが伊勢参宮に行くので、みを女もこれに同行することになり、いと女もまた共に旅をすることになった。このほかに一〜二名の女性もいたようである。一行は文政八年（一八二五）三月十三日江戸を出発し、伊勢・畿内・芸州宮島等を巡り『伊勢詣の日記』（国会図書館蔵）を書き残している。彼女達が箱根を越えたのは十六日のことである。

同十六日けふも天気よし、是より箱根也とて、ミな〳〵いさむ、辰のころ出立、山路にかゝり、風祭過て長興山をも見あげたれと、つれの人〻さのミかゝる風色を好める人もなけれハ、そのまゝに立よして過ぬ、三枚橋なと云を渡るに、塔の沢よりつゞける流なりとて、石にせかれてさかまく水音なといとはげし、また見なれぬめにハいとめつらしき山川なりとおもふ、それより箱根御番所にかゝりて、御あらため手形なとにとひさしく手間とれり事ゆゑなくすミて、御関所をも通り過ぬ、山中かぶと石と云処の茶店にてとろ〳〵休ふ、御関所前の坂ハ志ろ水坂・ざとうころばしなどさま〳〵むくつけき名あるけはしき坂とも多く、人馬ともに息つぎあえぬさまなり、されと此方に行かよふ事のなれたるにや、馬などのもの負てのぼるに、その間の石より石にひづめかけてあやまたず、のぼりくだりするぞ、あやうげなる、

いよいよ箱根路。一行は勇みたっている。出発は八時前後。彼女は箱根山中の景色を楽しんでいるが、道は険しくなり、坂の名前もむくつけきものが多い。人馬共にゼーゼーしているが、流石になれたもので、馬は石から石へと蹄をかけて上り下りしている。

当時日本の馬には蹄鉄が打ちつけられていない。馬用の草鞋である。馬にとってどちらがよいのかわからないが、草鞋は頻繁に取り替える必要があった。

『遊歴雑記』の著者十方庵敬順は文政七年（一八二四）に現在の愛知県吉良町の本法寺まで旅をしている。彼は二八年前にも箱根を越えているので、その時の様子も記している（五編上11）。

且又万づ挽もの丶細工は畑村を以最上とす、即湯本より西へ壱里、小田原よりは二里といへり、家居も多く又粒立し挽物賈ふ売店若干なれば、職人も又此処に集えり、依て挽物類を注文しあつらへなば、当所を第一とす、（中略）今年箱根の山越するは弐拾八ヶ年に及ぶ故に、山中処〻記憶するといへども、前後してノ〲《ベツボツ》の事多し、既にして峠の茶店も壱ケ処と思ひしに、弐拾八ケ年を過し今は、処〻五ケ所にあり、むかし青麹にて作れる醴酒も、今は通例にして風味も大方に江戸に同じ、独又山中の石坂もかほど難渋とは思はざりしに、敷詰し石面年来人馬わらんじに踏れ摺たれば、硎《トギ》たるが如く磨たるに以て鏡の如く辷《スベ》る事大方ならず、

箱根山中の名物といえば箱根細工と甘酒である。箱根細工とは『遊歴雑記』に挽物細工とあるように、ロクロで木を削った細工物のことだが、寄木細工もまた有名である。畑宿がその中心であったようで、今も寄木細工などが製造販売されている。

十方庵敬順は往路ここで木を吟味し、茶事に用いる大きめの円形のお盆を注文し帰路これを受け取るが、反りがあったため新たに注文し、江戸まで送るよう指示している。

箱根の茶屋は敬順が二八年前（寛政八年頃）に通った時には、峠のところに一軒であったものが、今ではあちらこちらに五ケ所もあり、甘酒も昔は青麹で作っていたが、今は一般的な作り方になり、風味も江戸と同じようなものになってしまったという。甘酒茶屋は現在では一軒が営業しているだけになってしまった。

敬順は「敷詰し石面年来人馬……」と石道についても触れている。

難所である箱根路を歩きやすくしようと、近世前期には竹を用いて道の改修が行われている。竹でどのように道を改修したのかは不明であるが、竹ではしばしば修理を行う必要があるので、延宝八年（一六八〇）石畳を敷いている。その延長は箱根八里の三分の一にあたる約一〇キロであった。石畳は完成したものの、その後修理はされていなかったようで、その理由として箱根八里は江戸の守り、やはり難所としておいた方がよいというものであった。しかし実態は修理費の不足ということもあったらしい。

文久二年（一八六二）和宮が一四代将軍徳川家茂に嫁すということで、石畳の大改修が実施された。ただし和宮は中山道を通行している。翌三年には将軍家茂が上洛するというので、再び改修工事が行われている（大和田公一ほか『箱根旧街道石畳と杉並木』）。

十方庵敬順によると、石畳の道は歩きにくかったようである。川路聖謨も『下田日記』の中で歩きにくいと書いているが、石畳の修理が満足に行われなかったため歩きにくかったということもあるだろう。

12　箱根関所

箱根の難所を上り切るとそこに待っているのは箱根関所である。しかも近世日本の関所の中でも最も重要な関所である。関所は古代以来設けられていたが、近世の関所は基本的には「入鉄砲と出女」を監視するためのものである。中世には関銭徴収を目的とした関所が乱立したが、江戸幕府は寛永十二年（一六三五）の「武家諸法度」において私の関所を禁止した。大名領にも監視施設が作られたが、こうした施設は原則として関所と称することなく、口留番所あるいは単に番所などと呼ばれた。

近世の関所はいっせいに設置されたわけではない。近世関所の前身となる江戸周辺の関所や、碓氷・小仏などの関所は、徳川氏の関東領国時代、つまり天下統一前に成立している。箱根の関所は元和四年（一六一八）に成立している。

箱根関所の管理・運営は小田原藩が担当し、その構成は番頭一人・平番士三人・小頭一人・足軽一〇人・定番三人・中間二人、そして人見女二人であった。

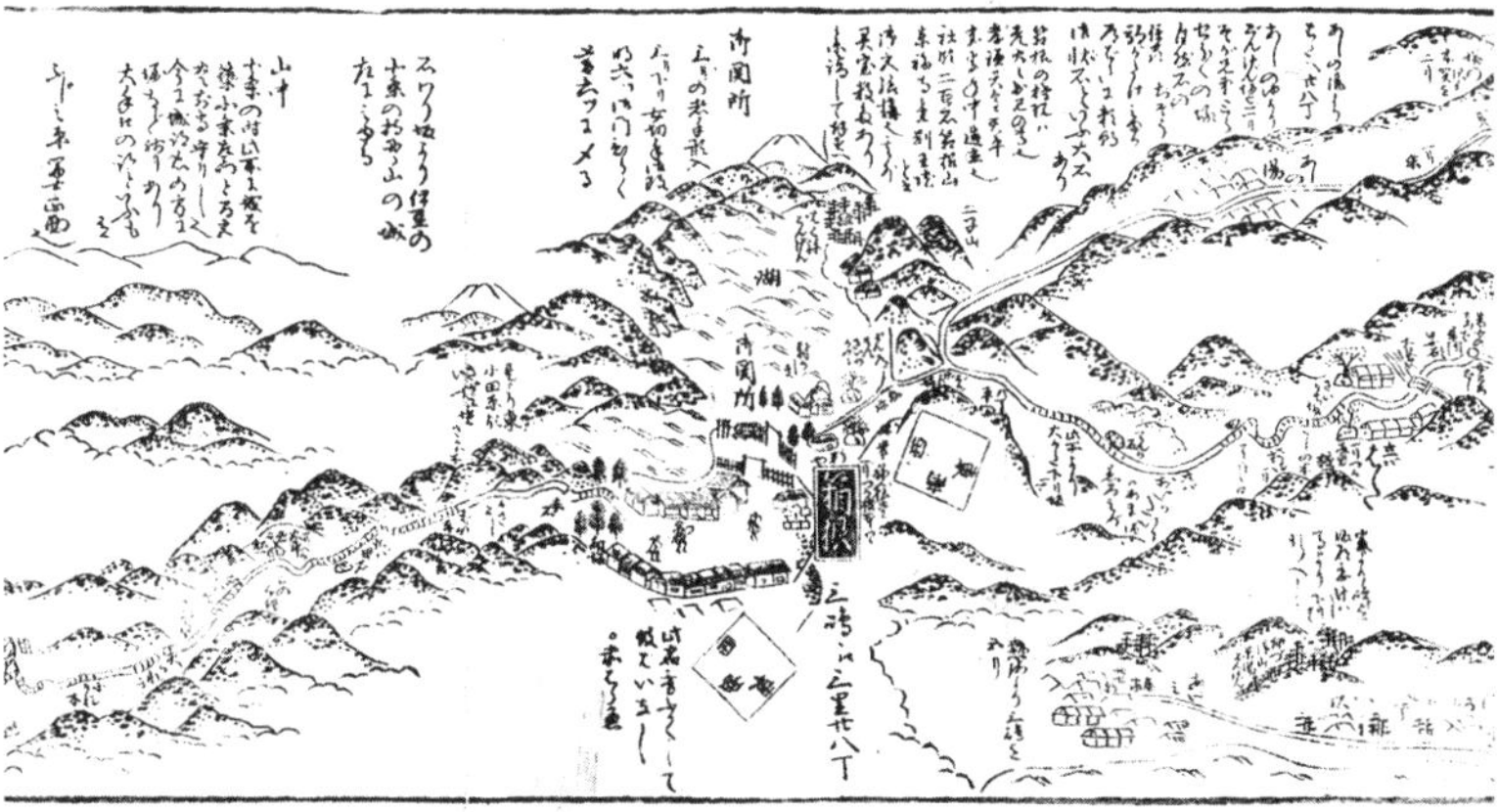

関所破りとよく言われるが、刀を振り回し関所を破ったということはほとんどなかったようである。現実には関所を除けての通行「関所除け」である。その関所除けの罰則は重いものであった。最も重い刑としては破った関所において磔。関所を破ったものが牢舎などで死亡した場合、死骸を塩詰めにして破った関所において死骸を改めて磔にすることもあった。とにかく重罪であったが、その一方、公然の秘密ともいうべき抜け道もあったようである。

いよいよ関所である。

越までは紙も重荷の関手形　一二三67、一二五25、一二七85・92

関所を越すまでは一枚の紙である関所手形も重く感じてしまう。

旅に出るには、往来手形と関所手形が必要であった。往来手形は菩提寺や名主などが発行し、身分証明のようなものであった。そのため往来手形は旅から帰るまで身につけておかなければならなかった。関所手形は関所を通過する時関所に提出してしまうものであった。このため手許には残らない。

関所手形の発行、特に庶民の関所手形については不分明なところが多い。庶民の関所手形も村方の名主や寺などが発行したようであるが、不思議なのは関所手形を旅籠屋が発行していることである。たとえば江戸以北の旅人が伊勢参をする場合、ほとんどの旅人は江戸に出て江戸見物をするが、関所手形を江戸の旅籠で発行してもらっている。中には仙台の旅籠屋で発行してもらっている事例もある（山本光正「旅と

関所」『国立歴史民俗博物館研究報告』36)。

これでは関所手形の厳格さのかけらもないし、場合によっては金さえ出せば旅籠屋も手形を発行してくれたかもしれないし、偽手形を作成するのも容易である。

手形の発行が容易であったにしろ、旅人は関所では大いに緊張したことだろう。

男でござるとお関処で旅おやま　九五14・25

関所役人としては当然男か女か確認するだろう。信用してくれなければ最後の手段。

御関所ですっぽんを出す大若衆　一一一15

すっぽんの首を関守見て通し　三7

かぶりもの取らず関所へ丁稚出し　一六七9

関所では被り物をとる規則になっていたが、どうだこれが男の証拠。現実には男であれば即通過というわけには行かないが。

関守がわらつたといふぬけ参り　五17

親や主人に内緒で伊勢へ旅立つ抜け参りの場合は、往来手形も関所手形も持っていなかっただろう。抜け参りとわかれば関所も通過できたようである。少年の抜け参りで例の如く男の証明をするが、あまり立派なので思わず笑ってしまう。いやその逆か。

　男でござるとひんまくる抜け参り　九五25

実際にこんなことばかりやられたら、関守も見たくないだろう。女連れの旅人は関所近くなると女性を脅したりからかったり。

　まくるだと女をおどす関所まへ　二〇19

　さあまくれ〳〵と御関所　五九20

　前髪で通つた関を髭で越し　三八7

旅に出る時は前髪立ちの美少年であったが、帰りには無精髭を生やすようになっている。

旅人は関所で手形を指し出す。

　蝿打でかき寄て取る関手形　一34

　関守の得道具毛抜き蝿叩き　一五四20

日がな一日座って旅人を改める関所役人は外気にさらされたままで、蝿も飛んでくるだろう。そこで蝿叩きでバチッ。その蠅叩きで手形をかき寄せる。

関守は手形とほくろ見くらべる　六15

武家女性などの関所手形には、顔の黒子の位置なども記されている。

関守の目きゝのとをりめかけ也　四30

関所役人ほど多くの人間を調べたものはほかにいないだろう。一目見ればどのような人物かを見抜いてしまう能力が備わっても不思議はない。それこそ黙って座ればピタリと当る。

柄杓なら通れと関でお汲みわけ　六五18

柄杓を持っている（抜け参り）なら通れ。役人も旅人を汲み分ける。

関守も毛のあるを見る角兵衛じし　七〇24

角兵衛獅子なら逆立ちなどをしてみよ。

関守即智砥をまたげ〳〵　一四一34

女性なら砥石が割れる。

関守の昼寝の膝に蝶一つ　一六七26

いつもいつも大勢の旅人が通るわけではない。ウツラウツラとしている所に蝶がとまる。

関守もとぎれた所ですねを出し　二16

座りっぱなし、そりゃあ脛も出したくなるだろう。

関守も淋しい日にはもの咎め　三〇5
淋しさに関守りやたらものとがめ　八一14

暇だからといって、ようやく来た旅人をそんなにいじめることもないだろう。

美しい髪三日目にほどかれる　二〇11
両方の木戸を〆ると髪をとき　二〇28
両方の木戸が〆るとばゝあ出る　二三24
相模からかみをほどひて伊豆でゆひ　三五16

いずれも関所における女改めを詠んだものである。江戸を旅立つと三日目ぐらいに箱根関所を通ることになる。ここでせっかくの美しい髪をほどかれてしまった。

女改めは関所の両側を閉じると始まる。改める係の女性は改めばゝあなどと呼ばれる。相模国の箱根関所で乱れた髪は伊豆の三島あたりで結い直すことになる。

女改めは面白おかしく紹介されることが多いが、女性の旅人すべてをこのように改めたわけではない。不審な場合このような改めを行ったのである。女性といっても武家や町方では改め方も異なるし、必ず両木戸を閉めたというわけでもないだろう。いずれにせよ女改めの具体的な史料はないようである。

関所は難所ということで、

　暮の関越せぬは丙午に乗り　八五27

　大晦日函谷関は越えるとも　一四五15

火の馬＝火の車では暮という関所も越えられない。ようよう関所は越えたものの……。

そうかと思うと、

　我かよい路の関守りは四郎兵へ　四一34

　四郎兵衛が関でかげまは引んまくり　四六21

吉原大門という関所の番人は四郎兵衛。あまり通い過ぎると「丙午」に乗ることになってしまう。この関所も足抜けという出女の取締りは厳しかった。

少しは風情のある句で関所を後にしよう。

足形と手形を残す関の雪　八三67

13　箱根

江戸から二四里三五町。益子広三郎は以下のように記している。

江戸よりの切手差上罷通申候、直に御門出れば町家なり、至極悪敷町なり、昼かたはたご六拾文、散々成茶やにて大きに込り入申候、

益子広三郎達もまた江戸の旅籠屋で発行してもらった手形で関所を越えている。関所を出れば箱根宿。箱根は至極悪敷町という。二重丸の悪さということである。片旅籠で三六文取られたが散々な茶屋と書いている。片旅籠は片泊りともいい、一般には夕方か朝だけ食事をすることだが、広三郎達は箱根で泊っているわけではない。片旅籠にはいくつかの意味があるようである。

錦織義蔵は「下中」の評価である。

山形県東田川郡立川町域の森居権左衛門の『御伊勢参宮道中記』（『立川町史資料』五）によると、文久

二年（一八六二）一月十日在所を出発し、鶴岡から日本海側に出て新潟県の高田・善光寺、そして中山道を通って伊勢神宮に参拝。それより畿内各地を巡って帰路東海道を通り、三月十四日箱根に達している。彼は、

茶屋にて昼飯いたし、

宿屋何れも結構成ル

と箱根を評価している。

『東海道宿村大概帳』によれば、箱根宿は無高つまり農業不適の地であり、宿の人達は旅籠・茶店などで生計を立てていた。宿泊施設としては本陣六軒、脇本陣一軒、旅籠屋は七二軒もあった。こうした状況から、どうしても旅人から少しでも金を引き出そうとして、旅人に不快感を与えたり、トラブルとなったりしたのだろう。

丹波篠山の亀屋勇吉は天保十三年（一八四二）三月十日雨天の中、小田原を出発し、三島まで歩いている。雨の中といってもかなりの荒天である。

此番所（箱根関所）は第一むづかしく番所ニ候間、同行の人笠とつてすいぶん《(随分)》腰かゝめて切手を役人江相渡し可被成候、

箱根は最も厳しい関所であり、一行は腰をかがめて手形を役人に渡し関所を通過したと、関所を通る時の様子を記している。

私しら此小田原より出立、すくニ箱根江かゝり申候所、誠ニ大雨ニ而困り申候、それ故新助殿・小八は箱根之峠の宿ニ外之同行と一つニ昼ニ而も泊り被成候、私し与之八義は箱根越候て三嶋の宿ニ泊り申候、

小田原を出て箱根路にかかると大雨。一行のうち新助と小八はまだ昼であったが箱根宿に宿泊。勇吉と与八は三島に向った。以下その時の状況について記している。

此箱根ニ而其日誠ニ大雨ニて、旅人の物はおふたか峠の宿ニ泊り申候、当(尚)又私しらと一時ニ小田原ニ泊り被成候、肥前の大名大村之殿様も皆箱根の宿ニ昼より泊り被申候、此日ハ箱根峠ハ誠ニ風と雨とニて旅人之通る様な事でハ無故、皆ゝ箱根宿ニ泊申候、私ら両人ハ三嶋ニて泊申候ニ、一人も箱根の峠より三嶋迄四り余の間は、旅人ニも出合不申候、誠ニ人もふきこかさるゝ程の風と雨ニて困り申候、命からがら三嶋まて行申候、誠ニ此(箱カ)根は天気宜敷候ても、峠ハ風あらく候と被申候、

随分と無謀なことをしたものである。勇吉はこの時二三歳。新助は二二歳。若さに任せて三島まで突っ走ろうとしたのだろう。しかし何故これまでして三島まで行きたかったのだろうか。噂に聞く三島女郎衆の顔でも見たかったのかと勘繰りたくなってしまう。

箱根路についての記載はまだ続く。民衆の旅日記は記述の少ないものがほとんどであるが、勇吉の日記は稀にみるほど自分達の行動を記しているので、再び原文を掲載しておこう。

箱根ニ而私しら両人げんきにまかせ候得共、誠ニ困り入申候、新助殿・小八殿たちは箱根の宿より峠

迄凡五丁程行て、風雨あらく候て宿へ跡戻り被申候て、箱根泊り被成候、私し同行之義は小田原出立箱根の坂より大坂嶋町一丁目若狭屋和助・伊予屋弥助・京西の□ケ原村之安右衛門・元右衛門〆四人之同行と私しら同行とかけつけニ相成申、誠ニ心しりたる京・大坂同行ニ御座候而、それ故私しらもかけつれニ相成申候、右かけつれの人も新助殿とおなし事ニ而、此下より戻りして箱根之宿ニ泊り被成候、誠ニ旅ニ而はかけつれニはなり不被成すが宜敷候、私しら義は大坂の人も京の人もしつとる人ニ候間、それ故つれニ相成申候、左様思召□□□候、箱根の宿は其日大村殿様并ニ旅人と誠ニこんち中ニ御座候、此義は箱根の宿はあいの宿也、それ故多くの人が小田原より八り行て三嶋ニて宿ニ泊り申候、此日は大村之殿様などでも三嶋宿泊り之筈ニ候得共、何分ニも風雨ニて行事相成不申候故、箱根ノ峠宿泊りニ相成申候、

勇吉も元気に任せてしまったと後悔したようである。あまりの悪天候に新助と小八は箱根に戻っている。ところで勇吉一行は箱根路で大阪・京の四人の旅人と同行になった。旅中最も注意しなければならないのが、見ず知らずの旅人と同行になることである。勇吉もそれは承知していたのだろう。「心しりたる人」と書いている。大阪・京の四人も勇吉らと三島に向ったが、彼らもまた箱根に戻ってしまった。そのためか今度は「誠に旅にてはかけつれにはなり成されずが宜敷」と書いている。勇吉は大阪・京の人達は一緒に三島まで行ってくれると信じていたのだろう。これだけ書いておいてまた「大坂の人も、京の人も知つとる人」と書いている。

荒天のため肥前大村藩の大村氏は参勤交代の帰国の途にあり、本来三島宿泊りの予定を急遽箱根に変更している。参勤交代は国許・江戸を出発する前に何月何日何処の宿場に休泊するという先触れを出し、参勤交代が到着する数日前には先遣隊が宿割を完了している。そのため宿泊地の変更は担当者にとっても、藩主にとっても大変なことであった。大村藩は旅程を当初の予定に戻すとすれば、翌日かなりの距離を移動しなければならない。参勤交代は決して優雅な遊び半分の旅ではなかったのである。

箱根には大村藩主そして一般旅人も宿泊したため大変な混雑になってしまった。この混雑状況について勇吉は興味深いことを書いている。それは箱根が間の宿なので多くの旅人が小田原から三島まで箱根八里を歩き通してしまうのだということである。箱根は間の宿ではなく、紛れもなく東海道五十三次の一つである。勇吉の目には間の宿とみえたのだろう。箱根が間の宿のような宿場であったとは思われないが、旅人は極力箱根に泊ることを避けたようである。

天気さえよければ三島への下りは随分楽であったようである。北沢いと女の記述をみてみよう。

三島へ下るに八さかもなだらかにて、人馬ともかよひ安し、三島にやとりをとる、

勇吉も無茶なことをしなければゆるゆると三島まで下れたものを。

三　三島から府中まで

1　三島宿

江戸から二八里二七丁。益子広三郎は以下のように記している。

……町も宜し、三嶋女郎衆といふて、随分能処なり、

やはり噂に違わず美しい女性がいたようである。錦織義蔵の評価は「中」。

今踏んだ雲で三島の雨舎　二七15、八四22

箱根山中が曇りであれば三島は雨だろう。その箱根が荒天であれば三島への下りは推して知るべし。荒天の中を三島まできた勇吉と与八は、新助と小八そして大阪・京の四名が三島に到着するのを待って出発。これより同行は八名になる。

何はともあれ箱根八里を無事越えたが、江戸ッ子は箱根より西を野暮なところ、化け物が住んでいるところと揶揄した。

化物も関所があるで江戸へ出ず　五四38

箱根山粋と不粋の峠也　六一20

化物と野暮は三島の宿かぎり　六五5、一一七6

化物と野暮は手形が無いと見へ　一二三別8

大正七年、画家水島爾保布は七月二十四日から八月二日にかけて、交通機関を利用しつつも、ほぼ徒歩で京都から東京まで旅行し、『東海道五十三次』を著している。八月一日は三島に泊っている。いよいよ明日は箱根を越えて関東に入るが、その夜隣室に泊った静岡県庁土木課の連中が夜中に大騒ぎ。耐えかねた爾保布は番頭を呼び、

『君にきくがね。静岡県てえとこぢや、土木課に轡《がちや》〳〵虫を飼つているのかね。成程箱根手前だ。そんな化物もないたァいはれまいが、……』

京都の人にいわせれば関の東には化物が住んでいると

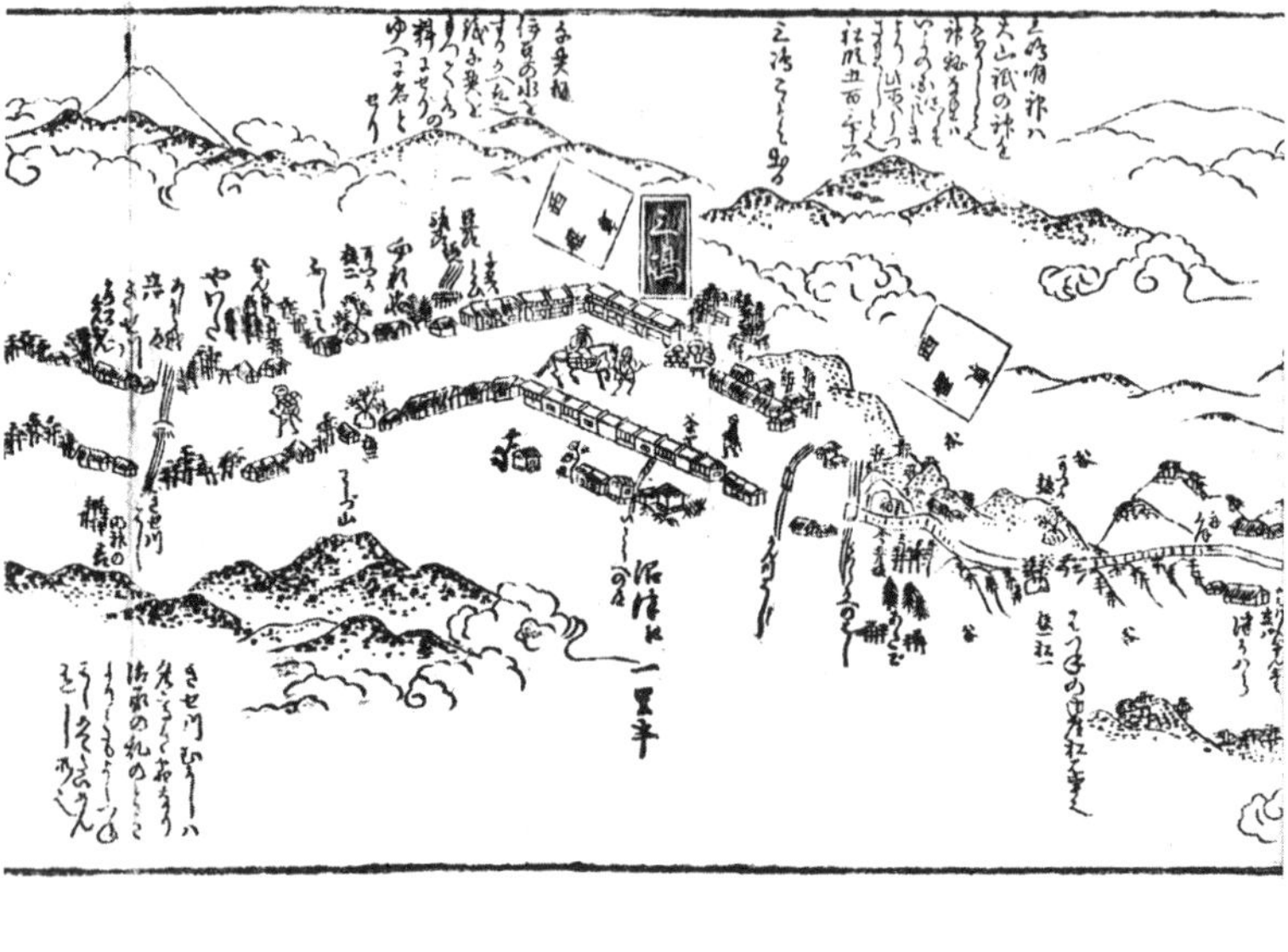

いうことになるだろう。ここでいう関とは逢坂の関のことである。『東海道名所図会』の大津の項には、

これより東を関東とも坂東ともいふ、関東二十八洲関西三十八洲、

京の人にとっては、京を少しでも離れると別の世界ということだろう。

『東行話説』には京都人をこき下ろした文がある。『東行話説』は概述のように土御門泰邦の記したものだが、天理図書館本には幕臣小林歌城の評が書き込まれている。まず泰邦の文から。

廿五日（宝暦十年二月）、暁丑一刻川崎を越て行、雨そぼふりて風寒し、輿の戸を引立て、睡りながら品川に着ぬ、いまだ夜もあけず、明朝は江戸入なりとて、家来我先にと、髪月代身の廻りの用意騒がしく、江戸より出迎ふ弟子の面々、支配の輩多く来て、賑には成たれども、ねられぬこそこまり物なれ、其中にをかしきは、家来の輩、俄につくる武家風の髪かたち、宇兵衛といふ者、江戸風指南して、皆是をぞ学びける、

公家の公用旅行には出入の町人が供してついてくることが一般的であった。公家の家計は苦しかったため、出入の米屋・酒屋等の商人に支払いができず、ツケが随分とたまっていた。そこで公用の旅に随行し、旅を楽しみながら宿場などで難癖をつけては袖の下を取った。これがかなりの額になったようで、公家のツケもこれでチャラ。泰邦が家来といっている中には出入の商人がかなり混じっていたのだろう。

家来達も京都人としてのプライドがあるなら京風を押し通せばよいものを、にわかに武家風の髪型を結い、宇兵衛というものに江戸風を指南してもらっている。

さてこれを読んだ小林歌城の評は激烈。これは原文引用ではなく意訳しよう。

泰邦のところに出入りしている町人共が、俄に大小を差して江戸見物をしながらの侍気分。いくら髪を結い月代を剃ったところで、シャンとした江戸ッ子から見ればとんと生ぬるくて気持ち悪い。どうせ彼らはお初穂とか御肴代ということで袖の下を取るのが目的。

江戸風の指南とは。京都人の利いた風な江戸指南など、指南されているほうが気の毒千万。宇兵衛というのは公家達の伴をして度々江戸に来ているのだろう。

上方人は「何じやかじや」というが、江戸では「何だかんだ」という。上方人の中には生半可に「そうだない」「ああだない」と何でもじやをだにしてしまう。宇兵衛もこの類だろう。こんな奴に江戸指南を頼んだところでむなしいだけ。京は京風でよいものを、わざわざ武家風を真似るのは関東の威勢が公家の供にまで及んでいるということである。

江戸指南の様子を想像すると吹き出したくなってしまう。

三島といえば伊豆国一宮の三島大社である。祭神は江戸時代までは大山祇命とされてきたが、明治五年に積羽八重事代主命としている。源頼朝の信仰が篤く度々参詣している。その後も室町幕府をはじめ有力大名らの保護を受けるが、文禄三年（一五九四）徳川家康は社領三〇〇石を寄進。慶長九年（一六〇四）にはさらに二〇〇石を寄進している。

三島は三島暦でも知られる。暦を発行していたのは三島大社の社家といわれる河合家で、伊豆を中心とした地域で頒行されていた。貞享元年（一六八四）以降は伊豆国と江戸のみの頒行とされるが、その後相模国における頒行も許されている。

光陰の矢文三島と伊勢で書き　一四八6

伊勢暦は伊勢の御師が配付したことでもよく知られている。

街道筋の名物は三島女郎衆と富士山からの伏流水である。

三島女郎三国一のけしやう水　四一30

市内を流れる川は一時汚れていたようだが、現在は清い流れとなり、流れに揺れる梅花藻は三島女郎衆の面影を宿しているようである。

『西遊記』の著者、大内伝兵衛は天保十一年四月三日に箱根を越え三島宿に宿泊。難所を越えた伝兵衛は、今夜はゆっくり眠るぞと思ったことだろうが、そうはいかなかった。

深い眠りにおちたであろう午前二時前後、宿場内で火災が発生。火元は伝兵衛が泊った近く。伝兵衛達は身仕度をして荷をまとめ、いつでも避難できるようにしていた。午前六時頃ようやく鎮火したが、三〇軒ほどが焼失してしまった。

この時三島の本陣には紀州藩の姫様が宿泊していた。火の元は本陣の近くであったため、姫様一行は火

事の最中にあたふたと三島を立ち退いた。これを見ていた伝兵衛は、

紀州侯の上﨟方三嶋の宿にやとられし夜、うし過る頃火もえ出てやとり給ひしほとり、火災天を焦しけれハ、とるものもとりあえ給ハす、ぬまつの方へと立のかせ給へるを見て、

ミしまひもせいて立のく上﨟衆は
　沼津くわすに原やへりなん

大火の最中に狂歌とはお見事である。

三島の名所に千貫樋がある。土浦の岩瀬市郎右衛門は『伊勢道中日記』に次のように記している。

町出行て千貫とゐ迚有、伊豆の水をするがへ取と言也、

千貫樋は三島市楽寿園内の小浜池の水を水源とし、三島市と清水の町境を流れる境川に樋を架け、伊豆の水を駿河に引いたものである。成立年代は応仁年間（一四六七〜一四六九）あるいは天文年間（一五三二〜一五五五）ともいわれている。名称の由来については、戦国時代に今川氏が小田原北条氏の援助によって築造したため、それを賞讃する意味で千貫が冠せられた。あるいは千貫文の費用を要した。千貫の田に水を注ぐことができたからなどといわれている。樋は現在コンクリート造りになっているが、見物対象として知られている。

千貫で駿河の田畑実のる也　五九29

千貫で駿河へ伊豆の水を買い　一四一31

三島から沼津へ向う途中、黄瀬川（木瀬川）を渡る。ここは、源頼朝と義経が対面した所として知られるが、この辺りで大田南畝は旧知の仲である菊池内記と出会っている。

右のかたに千貫樋あり、此あたり駿豆両国の堺なるべし、宿のうちに幕うちて、菊池内記泊といへる札あり、これは紀の国の守のみたちにつかへて久しく相しれる友なるが、二とせ三とせ見ることなかりし、日たかければいまだ宿につかじと思ひつゝゆく道にして、輿の簾をあげて、こしたてよといふ声す、あはやと見るにそれなり、あまりにうれしく輿さしよせて物語るに、かれもこれもおなじく官遊の人なれば、しばらくも止る事あたはず、蓋をかたぶけて語るといひと古ごとも思ひ出られて、西と東にわかれぬ、

南畝は三島宿で友である池田内記が宿泊するという札を見つけた。内記とは二～三年会っていない。この際是非会いたいと思うものの、まだ日は高く内記が宿場に到着する時間ではない。途中で会えるのではないかと期待して駕籠を進めると、黄瀬川の東で内記と出会うことができた。しかし内記は江戸へ、南畝は大坂への公用の旅、二人は長い間話すこともできず別れている。南畝はこの出会いに頼朝と義経の対面を思い起こしている。

義経はげに源の九郎人　四四36

黄瀬川で頼朝と対面したため、義経の苦労がはじまる。なんとも皮肉なことである。

2 沼津宿

江戸から三〇里九町。益子広三郎は、

此所御城下水野出羽守殿御知行所三万七千石なり、随分能町なり、

と評価するが、沼津で泊った旅籠はひどかったようである。

正月十八日泊り木銭四拾八文 米代八拾八文　米や祐蔵

此やと散々なる宿なり、跡にて御泊り被成間敷候事、

子々孫々に至るまでここに泊るなということだろう。錦織義蔵の評価は「中上」である。

風光明媚な東海道は旅人の憧れであった。京都で医を業とし、文人・理学者としても知られる橘南谿は、天明四年（一七八四）から六年にかけて門人を伴い東国を旅した。その時の記録『東遊記』の後編巻之二に次のように記している。

駿　河　名

奥州南部の地は、日本東北の極《きわまり》ゆゑ、殊に野鄙なり、然れども其人甚質朴にして、又甚神仏を信ず、就中伊勢太神宮を深く信じ、いかなる貧しきものも、男女とも参宮せざる者なし、余森岡（盛）近所にて馬に乗しに、其馬かたの物語に、我祖父代々駿河と名附《なづく》といふ、余も驚きて、馬かた抔《など》をする身の父の、

いかなればかゝる国名を名乗る事ぞ、御身の父祖はいかなる家筋の人にやと問ひしに、馬かた答へて、此名には深き由来こそ侍れ、某《それがし》が父祖参宮せしとき、道すがら諸国の景色《けいしょく》風土を見及びけるに、其中に駿河国程よきはなしと思ひけるが、帰りての後も猶彼国ゆかしく覚えけるまゝ、みづからの名を駿河と附て、一生を終ぬ、

富士を望み、雪に悩まされることもなく冬も温暖な東海道駿河路は、確かに東北の人々にとって憧れの地であったろう。そのため祖父は名前を駿河と変えてしまった。馬方の父もまた駿河を名乗り、馬方も駿河と名乗るところであったが、村の庄屋があまりにも大形な名前ということで又助にしたという。

風光明媚な東海道といっても天災地異が生じればその姿は一変する。一変した東海道の姿を見、そして記録したのが下総国松沢村の宮負定雄《やす》であった。宮負は

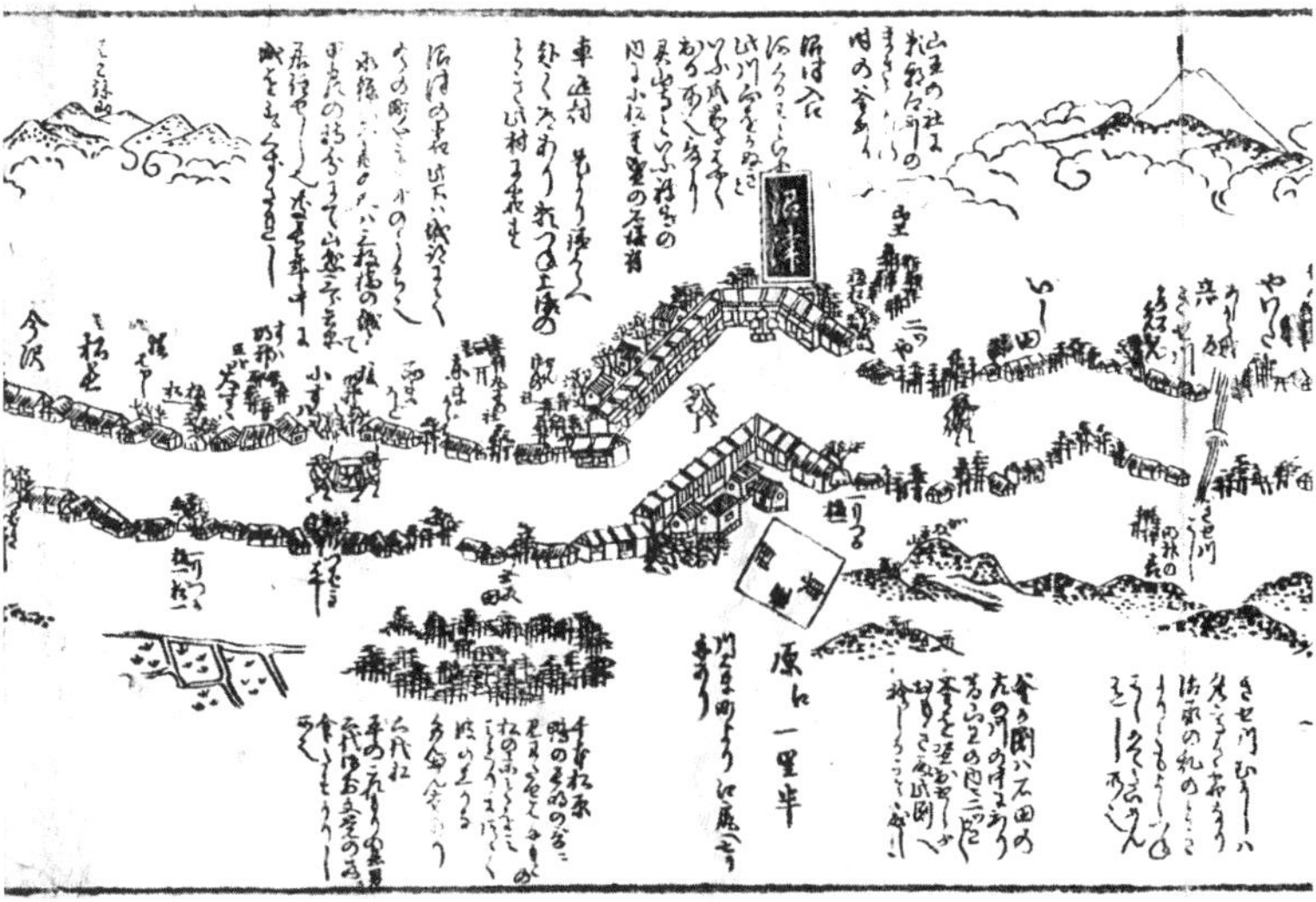

国学者で平田篤胤に入門している。彼は父の跡を継いで松沢村の名主となり、農業生産に尽力するが、天保四年（一八三三）の凶作に有効な手を打つことができず名主を退職して出奔。その後帰村し多くの著作を残したが、その一つが地震により大きな被害を受けた東海道を記録した『地震道中記』である。

安政元年（一八五四）十一月四日、宮負定雄は伊勢参宮を兼ね、紀州の友人に会うための旅に出た。地震は村を出て一〇町程歩いたところで発生した。震源は浜松南方約八〇キロメートルの海底で、マグニチュード八・四。東海道は津波にも襲われている。

『地震道中記』によると、被害が大きくなるのは箱根の辺りからのようである。箱根山中の山が崩れ、二子山から崩落した石が街道に数多くころがっている。関所は無事だが本陣は潰れ、町家はことごとく菱形に曲がってしまっている。

三島の被害は甚大で、町家はもとより寺院もみな潰れ、記事も詳細を極めている。

沼津宿については

一駿河沼津、地震にて御城大破、土塀悉崩れ落ち、御殿向、御蔵等多く破れたるよし、町家大抵倒れて立家少し、爰より原宿迄の間在々潰家多く、大地も割れたり、

沼津城そして町家の惨状は相当なものであったようだ。

沼津の宿を出ると千本松原と呼ばれる松林が街道左側に続く。千本松原については国会図書館蔵の『旅日記』（上中下全三冊）でみてみよう。『旅日記』の筆者は不明だが、一行は七人のほかに「荷物四人なり」

とあるから従者四人の計一一人ということだろう。

彼らは文化十三年（一八一六）三月十日に江戸を出発。行先は伊勢神宮そして畿内各所である。一行は十二日に芦の湯に泊り、翌十三日箱根を越えて沼津に泊っている。

○十四日　五ツころより瀬雨、四ツ頃より大雨、終日不歇、

朝灯ちんにていつ、宿はつれ海はたに千本松原あり、此辺ニて夜あけぬ、長明か歌ニ、

〽見渡せハ千もとの松末遠ミみとりニ続ク波の上かな

天正之頃武田勝頼切はらい、今の松は其後植たりと、

千本松原のことは『吾妻鏡』や『平家物語』にもみえるが、その場所は記されていない。明らかに沼津の千本松原について記しているのは仁治三年（一二四二）の『東関紀行』である。千本松原は戦国時代に至り、武田勝頼が小田原の北条氏と合戦をするにあたり、ことごとく伐採してしまったという。その後沼津の千本山乗運寺の開祖増誉上人が五年をかけて千本の黒松を植えた。千本松原は東海道の名勝の一つであったが、今では防潮堤が築造され昔日の面影はない。

千本松原の辺りには平維盛の子六代御前の石塔が建っていたが今はない。

東海道も箱根を越えると川柳は少なくなる。沼津宿については次の句がある。

山越しにちるは沼津のさくら鯛　九三9、一四七18

「さくら鯛」は沼津名物ということだろうか。

3　原宿

江戸から三一里二七町。益子広三郎の評価は、

　此次場悪敷町なり

と厳しいが、錦織義蔵は「中」の評価である。

　海道に三宿つゞく原の駅　　　九四7

　三宿つゞく川の駅原のゐき　　一二七92・100

品川・川崎・神奈川と三宿川の字がつづくが、原・吉原・蒲原と原の字も三宿続く。原・吉原は富士山を眺めるのには絶好の場所。旅日記にも当然富士が登場する。

まず大田南畝の「改元紀行」から

三月朔日　天気よし、沼津の宿を出れば右に浅間の社あり、輿の右なる簾をかゝげて、はじめて富士の雪を見る、あしたか山前に横たはれり、道平かにして、きのふのけはしきに似ず、右に諏訪社八幡宮栄(昌)間寺あり、此ほとりは村々葦の檜垣多し、社の鳥居多くは石にして、石もてゐれる横額あり、松長村のほとりより富士をみるに、しばしがほどに雲たちおほひて高根をみず、村々の家なみ都ちかき

田舎のごとくにして、大きなる松あり、左右にくれなゐの椿さかりなり、椿林といふ、これまで駿東郡にして、富士郡江尾（尻）村のあたりは、富士山の正面ときくに、雲霧はれてあざやかにみゆ、あし鷹山の横たはれるも、いつしか右の方にみやられ、ふもとに野径の草むら木だちものふりしは、かのうき島が原にして、原といふ宿の名もこれによれるなるべし、男嶋・女島などありときけど、さだかにもみえわかず、白隠禅師のすみ給ふときく松隠（蔭）寺は宿の中なれば、輿よりおりてあゆむ事あたはず、左のかたに見すぐしつ、柏木（原）の立場は鰻鱺よしときゝて、ある家にたちいりて味ひみるに、江戸前の魚とはさまかはりて、わづかに一寸四方ばかりにきりて串にさし、つかねたる藁にさし置り、長くさきたる形とは大に異なり、味も又佳ならず、元吉原のあたり、松林のうちをゆくに、しばらく富士を左にみるは、道の曲がれる故なるべし、やはり東海道は富士山である。江尻の辺りで雲・霧が晴れ

て富士山が見えた時の喜びの顔が目に浮かぶ。

諏訪社の鳥居は石が多く、石の横額もあると記されているが、これは諏訪社だけのことなのか、ほかの神社もということなのだろうか。石は運賃も含めて高価なものであるから、よほど裕福であったということなのだろう。

南畝が旅をした頃は椿の季節であったが、沼津から原にかけては宝暦二年（一七五二）出版の『新板東海道分間絵図』によると、椿林三ヶ所が記されている。そしていよいよ富士山である。南畝は江戸を出てから天候に恵まれず、沼津出発の日にようやく富士を見ることができた。これまで富士を見ることができなくても、沼津から江尻の間で富士を眺めれば何も言うことはないだろう。それはこの辺りからの富士が最も美しいとされていたからである。

浮島ヶ原うんぬんとあるが、古来富士を見るのに最もよい所が浮島ヶ原であり、駿河国の歌枕の地でもあった。浮島ヶ原は富士山と愛鷹山南麓及び駿河湾に沿って広がる低湿地帯で、明治三十九年刊『日本地理辞典』には、

富士八湖の一つにして、駿河国富士郡元吉原村にあり、一に富士沼とも云ひ、古くは須戸の湖とも称せり、東西三十五町、南北二十四町。周囲三里余、其水西に流出し、潤川に会して海に注ぐ。

とある。『海道記』をはじめとする鎌倉期の紀行文に富士山が登場するのはすべてこの辺りである。鎌倉期の東海道の紀行文といえば京から鎌倉方面への旅であり、富士山は浜名湖の辺りで眺めることができる。

その時初めて見る富士山に感動したであろうが、紀行文には初めて見た時の感動は記されていないし、歌も詠まれていない。富士山を登場させるべきところは浮島ヶ原辺りというのが作法であったようだ。

南畝は松蔭寺についても書いている。当寺は臨済宗の古刹で、臨済宗中興の祖といわれる白隠が享保二年（一七一七）住職に就任したことで有名である。さらに彼は禅画を確立したことでも知られている。白隠に関する逸話は多く、その一つが擂鉢松である。昔岡山藩主池田継政が松蔭寺に立寄り、白隠に寄進をしたいと申し出たところ、彼は擂鉢を所望した。池田氏は帰国後備前焼の擂鉢を数個白隠に届けた。ところが境内の松が台風で裂けたため、白隠は裂けた枝を切り落とし、ここに擂鉢を被せた。松はそのまま生育したため、老松の頂上近くに擂鉢が見られるようになった。現在は新しい擂鉢が乗っているとのことである。

浮島ヶ原では鰻がとれたため、鰻が街道筋の名物であった。南畝は柏原の立場で鰻を食べているが、江戸前の鰻とは異なり一寸四方に切って串に刺し、その串を藁束に刺してあるもので、味は芳しくなかった。しかし南畝も松蔭寺には寄らず柏原で鰻を食べているところをみると、食い意地が張っていたようである。

柏原からしばらく進むと元吉原だが、ここは昔、吉原宿のあったところである。延宝八年（一六八〇）の津波で壊滅的被害を受けたため、現在の吉原に宿を移転している。元吉原を過ぎて北上すれば左富士である。

左富士暫く首をため直し　一五三26

『旅硯枕日記』の筆者は午前六時頃沼津宿を出発。早朝は雲や霧のため富士を望むことはできなかったが、ようやく富士が見えたと思ったら馬から落ちるやら駕籠から落ちるやらの災難続きであった。

原よりから尻馬に乗しか、半途ニて吉原よりおなじく馬荷を追ひ来り、馬士ども相対ニてかへ馬いたし、吉原より来りし馬ニ乗つて行内、この馬已前の馬とは乗ここちあしく、しばしば落んとする故、こころを配りて壱里余、富士山右手ニ詠め、いとも長かる並松を行内、いかかはしけん此馬つまづくはづみに、鞍ニもたまらず真倒さまに落る、幸にしてけがはあらねと、肝をつぶしてとみニも起もあからす、馬士ニ駕もて、こよといひつける内、跡より御駕も来りて、少進さま乗りてありし宿駕に乗り、吉原へは最早半道といえるに、又〻人足とも息杖はなれて、駕より落され、漸やく吉原宿茶屋へおろして、此所ニて皆々昼食する内、問屋役人両三輩詑ニ来る、

筆者は原から「から尻馬」に乗るが、空尻・軽尻とも書き、人が乗って五貫目までの荷を付けることができたもの、または五貫目から二〇貫目の荷を積んだもののことである。空尻に対して一疋の馬に四〇貫目の荷をつけたものを本馬と呼んだ。

さて日記の筆者が馬に揺られていると、吉原から荷を積んできた馬と行き会った。馬方としてはここで旅人を吉原の馬に乗せ、吉原からの荷を原の馬に積んで戻ったほうが楽である。そこで馬方双方が話し合

い、旅客と荷を交換した。ところが吉原の馬は乗り心地が悪く、馬がつまずいた拍子に真っ逆さまに馬から落ちてしまった。幸い怪我はなかったが、馬に懲りたのか馬方に駕籠を呼ぶよう言い付けている。ところが今度は駕籠から落とされている。踏んだり蹴ったりである。

4　吉原宿

江戸から三四里二七町余。益子広三郎の評価は次の通り。

此処能町なり、永き町ニ御坐候、

錦織義蔵は「下中」と評価している。

吉原の句は掃いて捨てるほどあるが、これは江戸の遊里吉原のことである。そのため東海道吉原の句も江戸の吉原とかけたものである。

吉原も四十里先はけちなとこ　二二42

江戸の吉原と較べればケチな所だろう。

ふじとよし原は江戸でも近所也　二〇12

富士は富士でも浅草のお富士さんである。

原から由比の辺りにかけての海岸は田子の浦と呼ばれ、山部赤人の歌であまりにも有名だが、

田子の浦白きをほめる赤い人　七九3

とは、川柳にかかっては形なしである。

凪の日はふじに網打田子の浦　八〇22

田子の浦舟頭山のうへをこぎ　八八20

海が静かであれば海面に富士の姿が写る。

吉原から富士川に至る間の名物として知られているのが白酒である。益子広三郎も、

(吉原から) 半道程行ば富士の白酒名物、たへ申候、美味ニ御座候、

と記し、『東海道宿村大概帳』には、

本市場村地内字白酒

となり、白酒が字名となってしまっている。

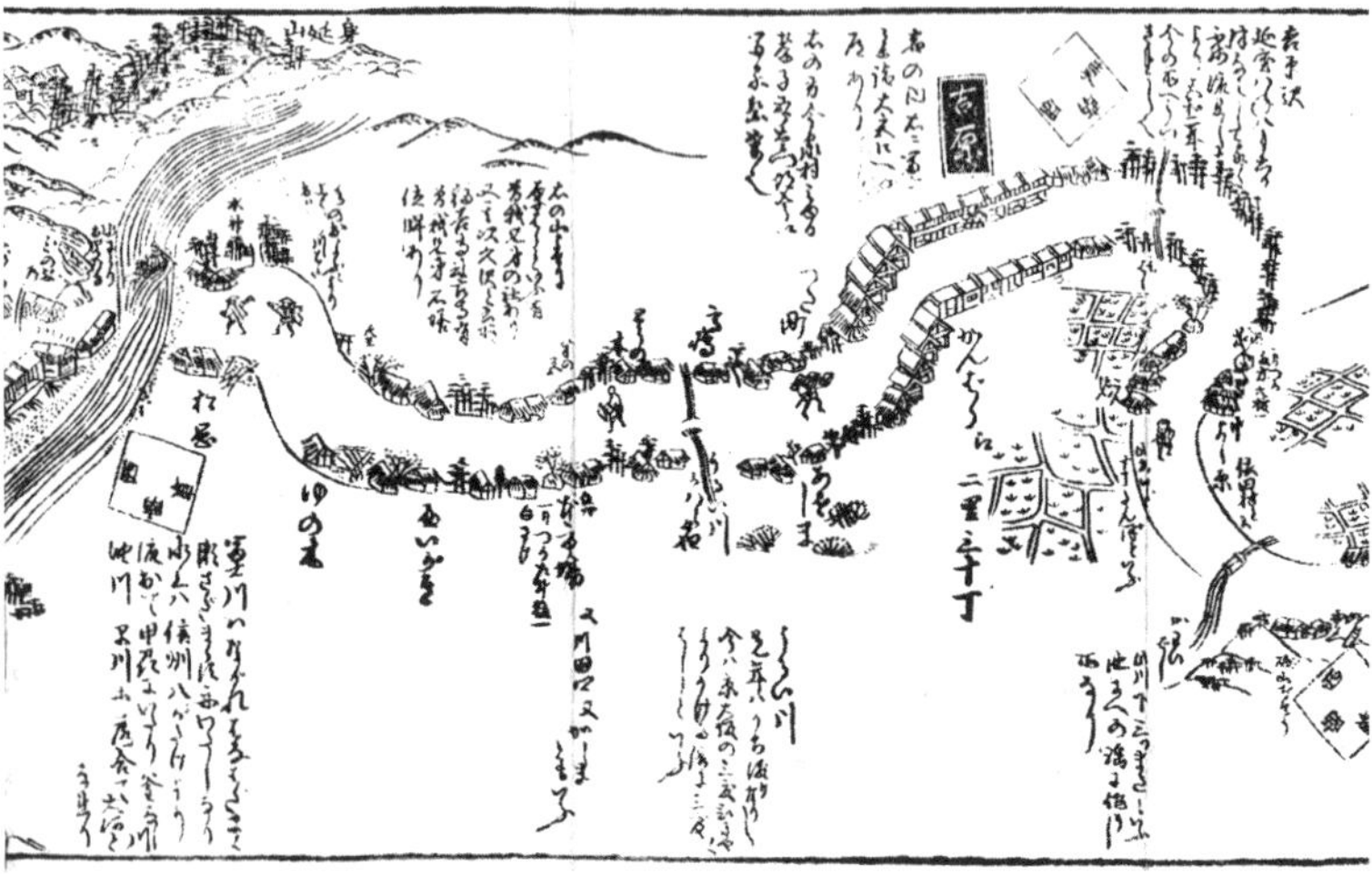

白酒は山川白酒、山川酒などとも呼ばれた。鈴木晋一の『東海道たべもの五十三次』によると、白酒というと一般にどぶろくのことであったため、山川酒と命名したのではないかという。山川の由来は谷川の水が白濁していることに由来するという。

山川に留られている雛の客　　六六7

山川へ通ふちろりは下戸の客　　一一九6

『旅硯枕日記』の筆者や錦織義蔵は本市場の名物として白酒以外に肥後ずいきを挙げている。ずいきは言うまでもなくサトイモの茎で食用としたが、これを乾燥すると非常食ともなった。しかし食用のずいきならばわざわざ肥後ずいきと書かなくてもと思うのだが。

肥後ずいきはその名の通り肥後、現在の熊本に産する蓮芋の茎を細く切って乾燥させたものであるが、川柳の世界でこれにこだわると話はあらぬ方向に行ってしまうので、深く追求するのはやめておこう。

5　富士川

吉原・蒲原間の難所は富士川である。錦織義蔵は富士川で川留にあっている。義蔵が江戸を出発したのは五月二十五日、梅雨の頃であろう。吉原へは五月二十九日に到着するが、翌閏五月一日は大風雨のため川留。

此駅嶋津伊予守殿泊アリ、当宿大取込ナリ、七ツ時ヨリ雨、
五月朔日キノヘ十ノ日
○閏五月朔日ヨリ大雨烈シク、五日ノ間川留メニテ同宿ニ泊逗留、不士川多シト云ゝ、
右米屋庄七ナル方裏ニ風流ノ離レ亭アリ、折ゝ其亭江入リテ不士峰を仰キ見ル妙々ナリ、
○二日夜大雨○三日小雨四ッ時ヨリ晴○四日小晴○五日節句天気ヨシ、不士山正ニ出顕ナリ、同五日
八ッ時三度屋主人入来シテ曰、明六日四ッ時ヨリ不士川川明キノ注進アリ、

義蔵達は吉原宿の米屋庄七方に宿泊したが、富士川を渡ったのは六日であった。大名は泊るし川留ということで、宿場は混乱の極みにあっただろう。そうなると大名達が最も気を遣うのは家臣同士、あるいは他藩の家臣らとのトラブルである。事件が起きれば跡始末が大変であるが、その事件が起きてしまった。

亦四日午時後当宿内御旅館ナル八木但馬守殿下部ノ中争論アリテ、二三人手キズ壱人打殺スト云、

家臣同士の争いは殺人事件に発展してしまった。その始末はもちろん書かれていないが、さぞかし大変であったろう。

富士川の源流は南アルプス北部の釜無川と、奥秩父の笛吹川で、それぞれ多くの支流を集めて甲府盆地に流れ込み、山梨県の鰍沢辺りで合流し富士川となる。それより山間の狭隘な谷間を、支流を集めつつ駿河湾に注ぐが、日本三大急流として知られる。古代の下流部は現在とは異なり、幾筋にも分流して浮島沼に注ぎ、直接駿河湾には流入していなかった。南北朝から戦国期の頃には河口は吉原で、吉原湊と呼ばれ

たが、近世に至り角倉了以が徳川家康の命により富士川を開き、岩淵河岸と甲州鰍沢・青柳・黒沢の河岸を結んだ。輸送物資は甲州に向けては塩、甲州方面からは米が運ばれ、「下り米、上り塩」と呼ばれた。甲府の名物煮貝は、駿河湾で獲れたアワビを富士川経由で甲府に輸送するのに腐らぬよう醤油に漬けたものといわれる。甲府に着く頃アワビと醤油が馴染んでちょうどよい味になったわけである。

急流富士川の渡河は古代においては浮橋（船橋）が架せられたこともあるが、概ね渡河は渡船によった。渡河地点は時代により変遷したが、慶長七年（一六〇二）からは岩淵が渡船を担当するようになり、寛永十年（一六三三）からは対岸の岩本村が三分の一を分担するようになった。

富士川の渡船は『東海道宿村大概帳』によると、高瀬船一八艘が用意されていた。このうち一二艘が岩淵村、六艘が岩本村の負担で、水主《かこ》＝乗組員は五四人、一艘に三人が乗船した。一八艘の船が毎日稼働するわけではなく、三艘が交代で渡船に従事した。

川は一月から九月までは夏川と称して水深八尺を基準とし、二尺増水（計一丈）すると馬船が運航停止。川留である。三尺増水すると旅客の輸送が停止した。

十月から十二月までは冬川と称し、水深六尺が基準となり、二尺余増水すると馬船が川留、三尺増水すると旅客も川留になった。

土御門泰邦が富士川を渡ったのは一月、夏川ではあるが実質的には冬川である。

京にて人々の物語を聞しに、富士川水早して、横には舟も渡し難く、遥に上の方へおしのぼせ、水にまかせて流れわたりすれば、またゝく間に下る所を、舟より綱を擲れば、川岸より是を引付て、岸に寄る抔、気味のわろき沙汰なれば、嘸と思し也、

泰邦はドキドキしながら輿のまま船上の人となったが、水も少なく綱を投げることもなく、呆気なく川を渡ってしまった。しかし、

岸に上りふりかへり見れば、水はすくなけれども、瀬は早し、

と、その流れの速さを強調している。

宮負定雄の『地震道中記』によると、富士川の辺りは大きな被害を被っている。

一富士川、霜月四日五ツ時、甲州の小船弐艘岩淵より塩を積ミて、引船ニ而上る時ニ大地震となり、東岸の山崩れて落、其塩船弐艘共に山崩の下敷となりて水底に沈む、壱艘ハ四人乗にて八人なり、其内六人飛上がりて助かり、弐人ハ死たり、また川の西の岸高き所に往還ありて、此近所松野村の人、馬を引て通りしが、其大道崩れ落ち、人馬共前の山崩落ちての土の上に落ちて無難也、人馬共に東岸に渡りて命ハ恙なし、

富士川は土砂で埋り水が流れず徒歩渡しになった。しかし土地の人々は一気に大水が押し寄せてくると警戒し、山に避難をしていたところ、堆積していた土砂がいちどきに流され、岩淵まで押し寄せた。以来川の瀬が大きく変化してしまった。

富士川で三みせんを折る白びやうし　　三38
ふじ川はほんの赤はじかいた所　　　四三9・15

富士川といえば治承四年（一一八〇）の源平の富士川合戦である。『平家物語』巻第五「富士川」には次のように書かれている。

さる程に、十月廿三日にもなりぬ、あすは源平富士河にて矢合とさだめたりけるに、夜に入りて平家の方より源氏の陣を見わたせば、伊豆・駿河人民・百姓等がいくさにおそれて、或は野にいり、山にかくれ、或は船にとりのて海河にうかび、いとなみの火のみえけるを、平家の兵ども「あなおびたゝしの源氏の陣のとを火のおほさよ、げにもまことに野も山も海も河もみなかたきでありけり、いかゞせん」とぞあはてける、その夜半ばかり、富士の沼いくらもむれゐたりける水鳥どもが、なにかおどろきたりけん、たゞ一どにぱと立ける羽音の、大風いかづちなどの様にきこえければ、平家の兵共「すはや源氏の大ぜいのよするは、斎藤別当が申つる様に、定て搦手もまはるらん、とりこめられてはかなうまじ、こゝをばひいて尾張河洲俣をふせけや」とて、とる物もとりあへず、我さきにとぞ落ゆきける、

源平は富士川に対峙するが、平家方は戦を恐れて山に隠れたり、海に逃れた住民の煮炊きの火を源氏の軍勢と思いビクビクし、ついには鳥の羽音を源氏の襲来と間違え、戦わずして逃げてしまった。

富士川を鹿の子まだらに飛ぶ螢　一一一5・9

鹿の子まだら……は『伊勢物語』東下りの富士山の場面からである。

富士の山を見れば、五月のつごもりに、雪いと白う降れり、
時知らぬ山は富士の嶺いつとてか鹿の子まだらに雪の降るらん
『伊勢物語』は東海道文化の原点ともいうべき文学作品である。これ以降、宇津谷峠そして八ツ橋が登場する。『伊勢物語』の作者は不明であるが、古くから一般には在原業平とされてきたので、ここでは作者そして主人公共に在原業平ということにしておこう。

『伊勢物語』は美術工芸にも多大な影響を与えている。『伊勢物語』がモチーフとなった富士の絵の多くは、業平が富士を仰ぎ見たり、振り返って眺めたりしており、富士山には鹿の子まだらの雪が描かれている。

富士川を渡ろう。富士川を渡れば岩淵である。岩淵の名物は栗の粉餅である。川を渡ったところ、西から来ればこれから川を渡ろうというところにうまい具合に名物があるが、食べる名物の多くは川の辺や峠路など、旅人が一息つくような所に多く発生している。

益子広三郎は栗粉餅を昼食がわりに食べている。

夫より急き富士川と言川有、舟賃廿八文ツヽ、夫より向へ上れば藤川のくりこ餅五拾文計たべ昼食ニ

　仕中候、

文化十三年（一八一六）三月十日に江戸を出立した『旅日記』の筆者は味がよいと記している。

　富士川の水川の向ハ岩淵といふ、茶屋多し、栗の粉餅をうれり、味よし、

栗の粉餅は室町時代にその名が見えるようで、餅に栗の粉をまぶしたものである。『静岡県史話と伝説』の中部篇によると、栗の粉餅が岩淵で販売されるようになったのは近世の中期頃からではないかとしている。岩淵の栗の粉餅は丸餅の上に栗の粉をまぶしたもので、大正時代まで販売していたという。古老の話によると実際には大豆の黄粉をまぶした餅であったらしい。

6　蒲原

江戸から三七里二一町余。益子広三郎は、

　此処右同断悪敷町なり、

と評価するが、右同断とは吉原宿同様長い町ということだろう。錦織義蔵は「下中」である。

『旅日記』は浄瑠璃御前について書いている。

　吹上ケの浜此辺に六本松とて三河の矢矯《ヤハキ》より浄瑠理御前、義経を慕て奥州江下ルとて、此所迄来り恋死したるを葬し印の松ありと、元の木は枯て植次たるよしなれとも、けふハ大雨にてなんきなるまゝに見落したり、定家卿

〽汐風の吹上の雪にさそわれて波の花にそ松ハさきたり

吹上の六本松は富士川を渡る船の目印になっていたが、この近くに浄瑠璃姫の墓がある。浄瑠璃姫は義経伝承の一つである。

源義経が金売吉次に伴われて奥州藤原氏のもとへ向う途次、三河の矢矧で土地の長者の娘浄瑠璃姫と恋仲になった。義経は奥州へ向う身であり、二人はここで別れるが義経は蒲原で重い病気のため、一人でここに逗留することになった。

吉次は義経のために十分な金品を置いていったが、義経に対する扱いはひどく、これを哀れんで土地の氏神正八幡宮が老僧に変じて義経の枕辺に現れた。義経は老僧に矢矧の浄瑠璃姫に手紙を渡してくれるよう依頼し、手紙

を認めている。

手紙を読んだ浄瑠璃姫が蒲原に到着し、ようやく義経を見つけ出した時は既に息絶えていた。しかし悲しみにくれる彼女の涙が義経の口に入ると生き返ることができた。二人はここで別れることになり、義経は藤原秀衡のもとへ、浄瑠璃姫は矢矧へと戻っていった。

蒲原に伝わる後日譚によると、浄瑠璃姫は再び蒲原へ行き義経を待ったが、なんの音沙汰もないのをはかなみ、富士川に身を投げるが里人に助けられ、養生していたが結局亡くなってしまった。里人は彼女の身を哀れみ吹上の浜辺に墓をつくり、手厚く葬ったという。

本書は街道の名所旧跡の紹介を目的としているわけではないので、時として名高い名所旧跡が洩れていることもあるが、街道特に東海道には実に多くの名所旧跡が成立している。

こうした名所旧跡は、歴史事実がそのまま名所旧跡になったもの、歴史事実を拡大解釈して成立したもの、歌がもとになり成立したもの、歴史事実等とは関係なく成立したもの、に分けることができるだろう。

歴史事実とは関係なく――絶対関係ないとは言いきれないが――成立した史跡はフィクションであり、時に伝承・伝説などと呼ばれることもある。

史跡・名所が成立する一つのきっかけに、各地の知識人が関わったと考えられる。近世に入ると書籍が普及し、いわゆる古典が各地にもたらされるようになった。こうした書物を読み史実等を郷土と結びつけ、それが地元に定着していったとみてもよいだろう。地方文化の一つの現れである。浄瑠璃姫のこともこのような経緯から成立したのだろう。なお蒲原には義経が浄瑠璃姫に手紙を書くにあたって硯の水にしたという硯水がある。

7 由比

江戸から三八里二一町余。益子広三郎は、

此所は惣応なり、

と評価し、さらに続けて

爰より田子浦、右は富士山なり、誠に詞尽し難景色也、

とその風景を愛でている。錦織義蔵の評価は「下中」である。

慶安四年（一六五一）幕府顛覆を計画した由井正雪は由比宿の紺屋の子として生まれたといわれている。

慶安四藍より青くしたまはず　五五26

慶安の的は弓師に射落され　一五九26・30

由比の辺りは東海道絵巻などでは汐汲みの女性が描かれる。汐汲みの姿は当時の人々にとって風情のあるものであり、歌の素材ともなるものであった。

汐汲の一荷に荷ふ田子の不二　五四19

益子広三郎は、

此辺女浜といふしほくみの姿よき風景也、

と記し、菊枝楼繁路も

東倉沢此辺女はまにて塩くむ風景よし、

と書いている。

由比の宿場を出ればやがて薩埵峠の上りとなる。振り返れば富士が背中にのしかかってくるようである。峠へ行く途中の西倉沢西端に茶屋望嶽亭がある。ここは立場茶屋「藤屋」の離れ座敷で、ここから望む富士の眺めは格別であった。そのため多くの文人墨客が立ち寄ったり、非公式に宿泊をもしている。藤屋の子孫、松永氏宅には山岡鉄舟揮毫の「望嶽」の額が残されている。

この辺りは魚貝類が美味であったようだが、とりわけサザエは名物として知られていた。京から江戸に向う土

御門泰邦は峠を越えサザエを食べている。

坂を越え、くら沢と言所におりて休みたり、爰は龍王たばこ、栄螺あり、たばこの名は海辺相応せり、（中略）それよりは先栄螺を居喰にすべしと云内に、持来る、此所の名物なれども、絶てなき時も有て、うろたゆれば、蚫の耳を煮て出すとなん、京にて聞伝へければ、油断はすまじき也、一口くうては首を傾け、二口くうては耳を欹《ソバダ》て、三口くうては舌打して、さゞゑや／＼、匂ひといひ味といひ、我年来栄螺を好て、常に食すれ共、いまだ如斯味をしらず、

サザエはいつもあるとは限らず、そのような時はアワビの耳を煮て出すので油断してはならない。さて運ばれてきたサザエを一口食べてサザエかアワビか首をかしげ、二口食べて神経を集中させ、三口食べてこれぞ「サザエ！　サザエ！」と子供のように感動する。泰邦はサザエが大好物で常に食べているが、いまだこのようなサザエを食べたことがないと絶賛する。

泰邦は五つ食べたが足りず、追加注文するがもうないという。それでも食べたくて店のものに金をはずみ獲りに行かせるが、サザエはなくてアワビとアラメだけ。

錦織義蔵もここでサザエを食べている。

○倉沢左ノ方大海近シ　此処名物タテ煙草　○さざえ壷焼　○生貝壷焼食ス、一貝代百文ヅヽ味ワルシ、

味は悪いと切って捨てている。調理の方法がまずいということだろうか。

さゞゐがら海へぶちこむさつた坂　　一二13

土御門泰邦も錦織義蔵も名物として煙草を挙げているが、この煙草は甲州の竜王の特産品である。富士川などを利用して東海道筋にもたらされ、販売されたものであるが、旅人はこの辺りの名物と思っていたことだろう。

由比周辺の名物といえば現在では桜エビが有名である。しかし桜エビが獲れるようになったのは明治に入ってからのことである。明治二十七年十二月、由比の漁船が富士川の沖合で漁をしようとしたところ、浮樽を忘れてきたのに気が付いた。そのまま帰るのもと、海底に網をおろしたところ桜エビの大漁。これにより桜エビが深海にいることを知り、以降桜エビ漁が盛んになったという。

薩埵山三下り半に道がつき　　一一七34

焼餅が過ると薩埵峠なり　　一二五21、一二六68

薩埵迄三下り半の問屋帳　　一四〇23

富士額さつた峠で横ッ面　　一六三23甲

水瓶のふちを鼠の薩埵越へ　　一六六17

薩埵峠は去ったとかけて離縁に関する句が多いようである。

中世以来由比・興津の間は薩埵山の麓波打際を通る道であったが、明暦年中（一六五五〜五七）に朝鮮通信使来朝に際し、山道を開削して峠道を造成した。以来薩埵峠と呼ばれ東海道の難所の一つとなったが、安政元年（一八五四）の地震で海岸が隆起し、再び海岸沿いの道になった。

宮負定雄の『地震道中記』には以下のように記されている。

一蒲原宿、人家残らず地震にゆり潰れ、丸焼となる、山上の松乃大木根ゴミになりて、崩れ落て見えたり、爰より由井の間、薩埵峠の辺、山崩れなく無難なり、

一由井宿、一軒も破損なし、

波打ち際が隆起したものの、由比宿や薩埵峠の辺りはほとんど被害がなかったようである。多分地層が異なるのだろう。

8 興津

江戸から四〇里三三町。益子広三郎は次のように記している。

此処も惣応の町也、

また、錦織義蔵は「下中」である。

興津といえば誰もが立ち寄るのが清見寺である。巨鼇《ごう》山清見寺は臨済宗妙心寺派で、寺伝によれば天武天皇の代に清見ケ関の関鎮護のために仏堂が建立されたという。応仁・文明の乱を境に荒廃するが、天文

八年（一五三九）太原崇孚により再興され太原は中興の祖となる。近世には二〇〇石余の朱印地を給され、年頭御礼に江戸参府の資格を与えられる。『東海道宿村大概帳』によると、文禄元年（一五九二）・同二年及び慶長五年（一六〇〇）に徳川家康が当寺を旅宿としている。

清見寺目馴てひくき不二の峰　一二七99
富士最ふ薄く清見寺夕勤め　一五一29
墓水に富士壱つづつ清見寺　一五三25

江戸を出て前方に、右手に、そして富士を背負いながら歩く。憧れの富士。見たかった富士。しかしこれだけ見ているとそろそろ食傷気味。その大きさにもマヒしてしまう。墓の水にも富士が映ずる。田毎の月ならぬ墓水の富士である。

『千種日記』の筆者ももちろん参詣している。

澳津、此駅より十町あまり行て、右の山に巨鼇山清見寺あり、石のきざはしをはる〴〵と登りて門に入、此寺は、聖一国師の門弟開望といふ人の草建なり、客殿の絵は雪舟のかけるとぞ、庭に匍匐の梅ありしが、老木は枯れて、異木を移植へしとみへたり、木の間より帰りみるながめ、世の常ならず、海の面見へ渡るに、三保の松原は松枯れて、洲崎のみ遥かにみゆる、

清見寺建立の契機となった清見ケ関はその創設時期は定かではないが、鎌倉時代にはその機能は失われ

ていたようである。関は消滅しても名所として多くの歌が詠まれている。

『千種日記』の筆者は清見寺とそこからの眺望に満足して寺を出る。しかし三保の松原の松が枯れてしまったという記述は興味深い。松食い虫の被害であろうか。

> 清見寺より麓の里に帰る、此所膏薬を売る家多し、二八の美少年、店たなに出て、声はけうとげにて、「膏薬〳〵」といふも、いとつきなげ也、

「膏薬〳〵」とは興津名物清見寺膏薬のことで、万病に効くということである。膏薬の製法は今川義元の家臣が薬師如来の夢想により秘伝を授かったというが、原料の製造を子供達に手伝わせたため、宿内に製法が広まったようである。膏薬の売り子は着飾った少年に限られたことから『千種日記』にもそ

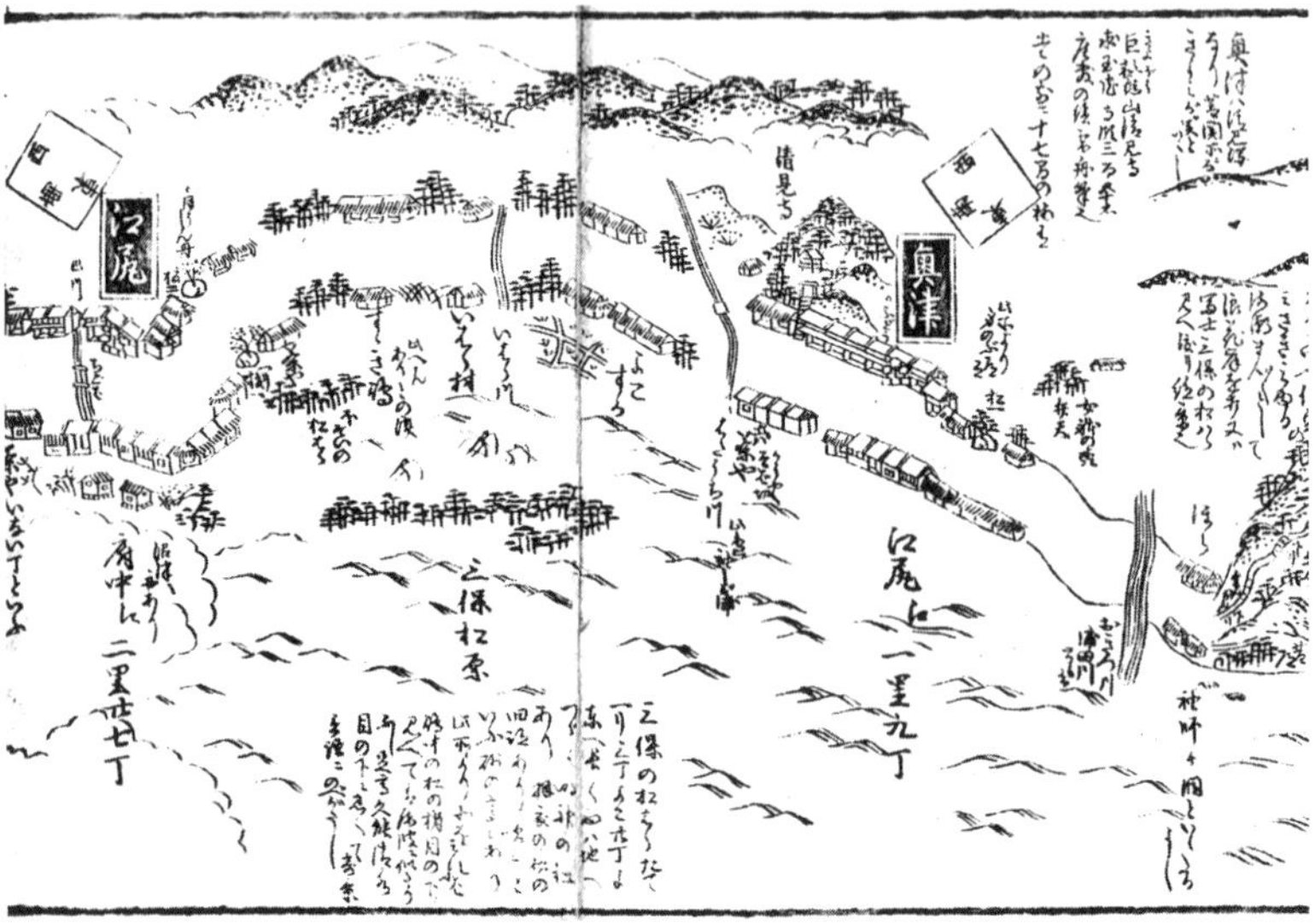

のことが記されている。

　猫の白浪夜半にひく沖津鯛　一一三23・28㈩別下13、一五四3

興津のもう一つの名物は興津鯛である。『本朝食鑑』によれば興津鯛は甘鯛のことであるという。しかし平戸藩主松浦静山の『甲子夜話』によれば、人から聞いた話だが興津鯛とは生干の甘鯛のことという。

9　江尻

江戸から四一里三五町余。益子広三郎は、

　此処至極宜敷町なり、永き町家なり、

と高い評価を下しており、錦織義蔵も「上中」としている。

　江尻の近所荒井では前を出し　一一一10

この句はどちらかというと新居関所に重きを置いたものかもしれない。箱根関所同様男子であることを証明するために尻とは反対側を見せるということである。

錦織義蔵の旅日記には江尻から府中の間に興味深い記事がある。

△追分○平川路△左ノ方茶店小休、夫ヨリ五兵衛・元三郎・勝兵衛等三人大八車ニ乗シテ走ル面白シ、但車始テナリ、

義蔵達一行のうち三人が久能山への追分から立場のある国吉田の字小吉田まで大八車に乗っている。近世には車輌輸送はごく限られた地域で許されていたが、幕末に至ると車輌輸送が許されるようになってくる。渡辺和敏氏によると（『近世交通制度の研究』吉川弘文館）、中山道では垂井・今須が嘉永三年（一八五〇）に、東海道では安政四年（一八五七）に二川・御油・赤坂・藤川が車輌輸送を許されている。その後幕府は文久二年（一八六二）には諸街道における車輌輸送を許可している。

義蔵達一行の三人は物資輸送用の車輌に乗ったのか、それとも旅客輸送用の車輌がありこれに乗ったのであろうか。そうであれば人力車のハシリといったところである。一行は小吉田の立場橋本屋で名物小桶ずしを食べている。なかなか美味であったらしい。桶は直径三寸、深さ一寸五分ほどで、代金は四八文であった。

江尻は「至極宜敷町なり」ではあったが、各種旅日記に江尻の記述が少ないのは、興津から江尻にかけては三保の松原の景色に目を奪われその描写が多いためであろうか。

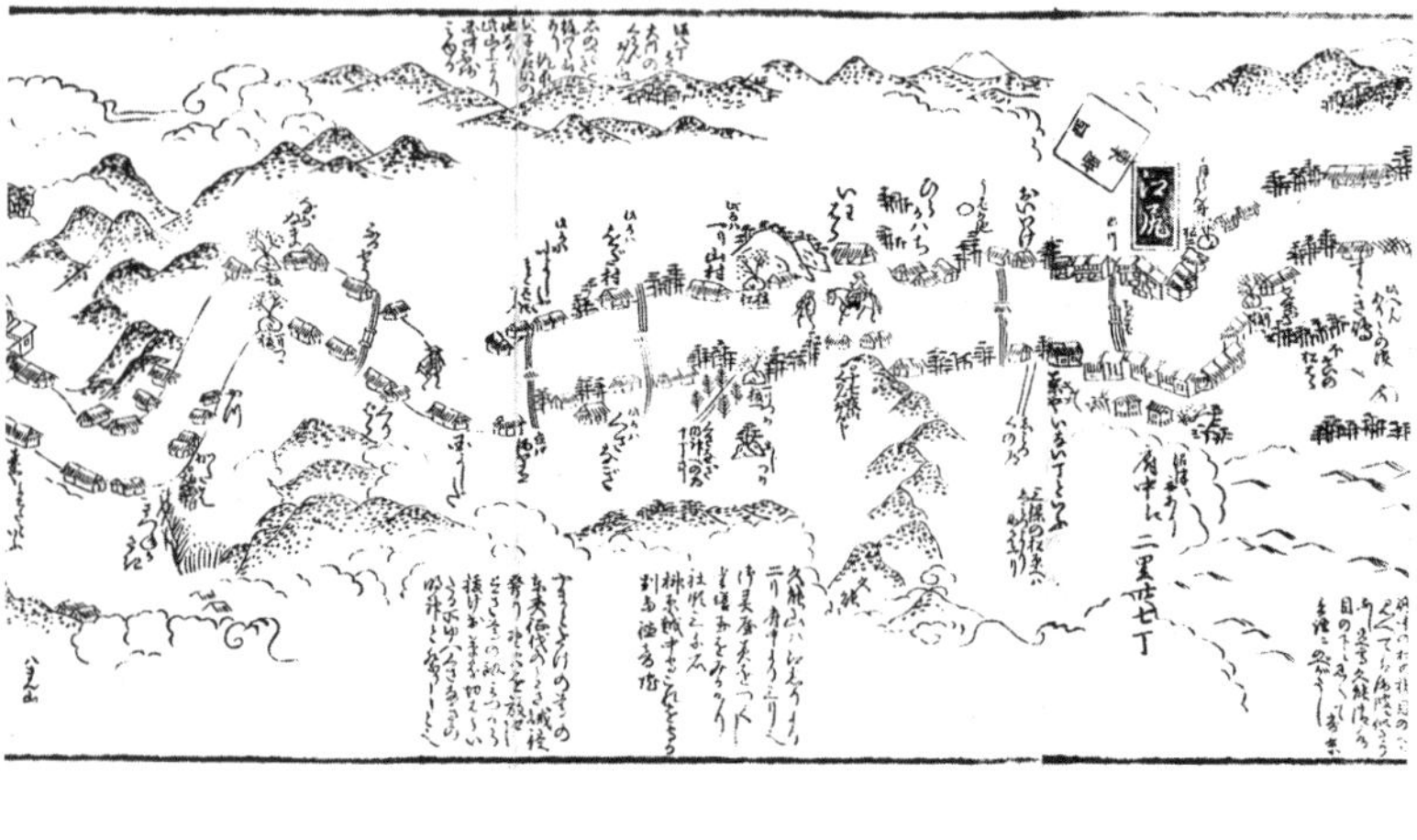

久能山経由で府中へ

江尻からは久能山への道が分岐しているが、久能山経由の道をとる旅人も多かった。この道をとれば三保の松原を身近に眺め、龍華寺に立寄りそして久能山に参詣することができたからである。

『旅日記』の筆者も久能山に回っている。

　駅中（江尻宿）より左小道へ入、田間を行たり海辺に清水町ミゆ、右へ上り観富士龍華寺ニ至り、案内を乞て書院に入る、庭に大きなる蘇鉄枝数八十本余、其外十五六株有、さぼてん九尺四方程にしけれり、又鶴の形せし枩を鶴松といふ。十一二間にはひこれり、遥に富士・足高・箱根、伊豆山、左りに薩埵山・沖津・清見寺・清見かた、前に泉水のごとく三穂松原（割注略）、其内に出て右は滄海也、奇景なり、門前ニ出又細道を行、有渡《ウトノ》の浜に出つ、白砂ニ古松有て木大キからす、甚奇麗なり、（羽衣伝承省略）久能山に至る、麓ニて案内を頼み御門を入るにハ手形なくてハ通りかたし、御門前迄登り八丁の間石坂なり、嶮岨なれは曲り十七有、御門外眺望左リハ伊豆の鼻、右を遠江乃鼻七十五里の灘眼下ニ見ゆ、御門内に入ル、又坂を登りて大神君御霊屋を拝ス、堂塔の美麗いわんかたなし、誠に神地なり、もとの坂を下り右へ別れ府中江

『旅日記』は江尻から久能山を経て府中への道について詳しく記している。龍華寺は大蘇鉄やサボテンで知られるが、富士を眺めるのに絶好の場でもあった。三保の松原は東海屈指の景勝地であり、羽衣伝承でも有名である。

絶景は一も二も無き三保の浦　一一七2

言うことなしの風景である。

三保の松たひら一面清く見え　八〇15

三保の松是夫人の衣紋竹　㈩別下11・12

三保の漁父お前は唐の奥様歟　一六六31

久能山は久能山東照宮のことである。元和二年（一六一六）四月徳川家康が駿府で歿すると、家康の遺言により遺体は久能山に埋葬され東照宮が造立された。しかし翌年には日光へ改葬されているが、久能山は徳川家康の聖跡ともいうべき所である。

御山より神位の高い久能山　八九8

字義も世に叶ひめで度富士久能　一〇二41

七難を鎮め久能へ御尊骸　一〇六1

久能山筆も笠取る旅日記　一六五28

10　府中

駿府（現静岡市）城下の東端に位置する宿場である。

江戸から四四里二四町余。益子広三郎が、

　御城下なり、御城右ニ見ゆる、石垣櫓迄きれいニ御坐候、

と記しているのだから、宿は上々ということだろう。

天正十年（一五八二）武田勝頼が天目山で滅亡すると、徳川家康は駿河を領有し、同十四年浜松城から駿府城へ移っている。しかし天正十八年には豊臣秀吉により家康は江戸に移されてしまっている。再び家康が駿府へ入るのは将軍職を退いた時、慶長十年（一六〇五）のことである。家康歿後寛永十年（一六三三）に駿府城代が置かれ幕末に至るが、慶応四年（一八六八）

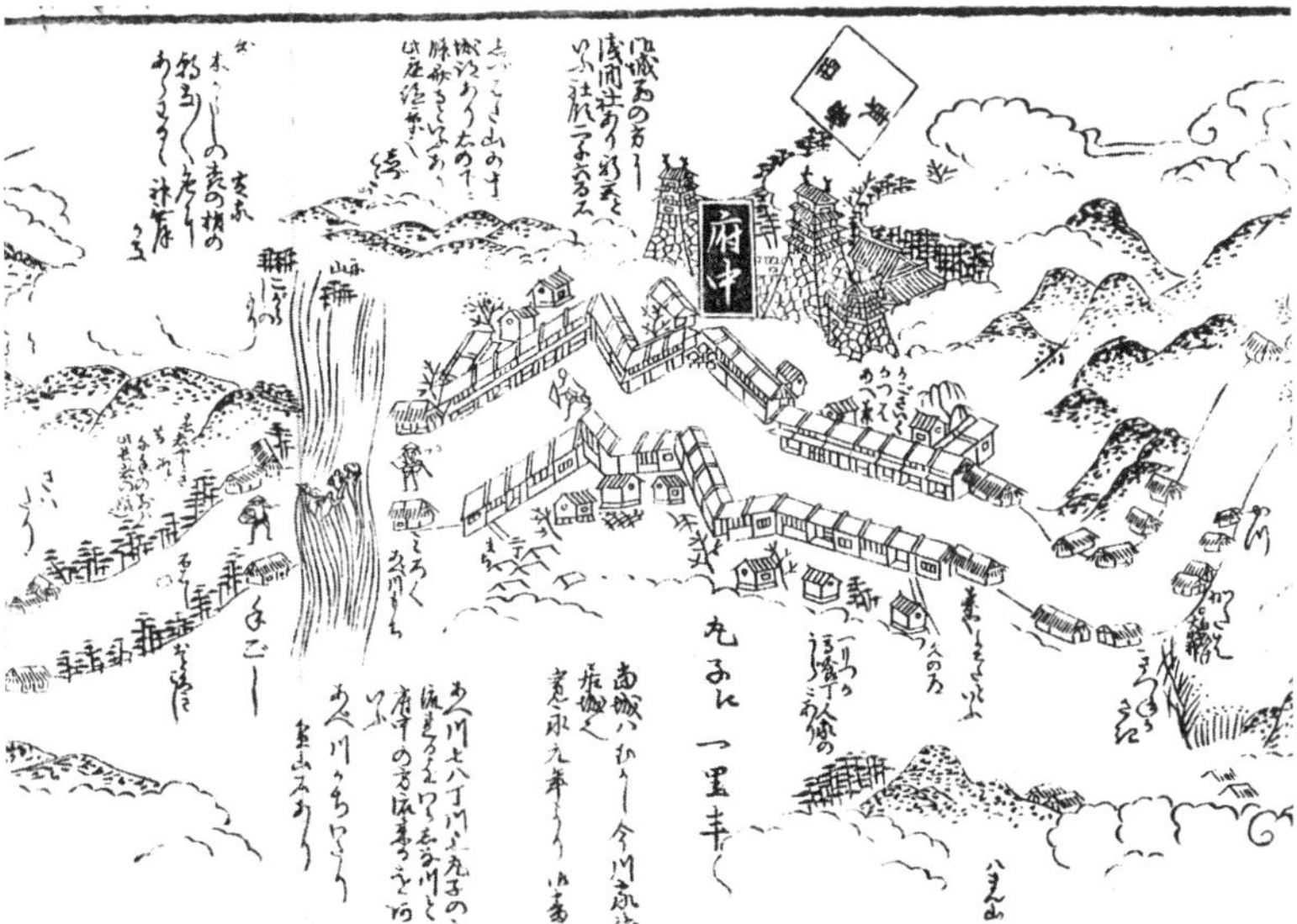

徳川慶喜が大政奉還すると、徳川家達が駿府城主になっている。

府中は「安倍川餅」が有名だが、このほかにも旅人に関係する名物として、わさび漬・竹細工・木工細工・合羽・安倍川紙衣・菅笠などがあった。わさび漬は酒粕でわさびの茎と葉を漬けたもので、今も名物として知られているが、これは宝暦の頃（一七五一～六三）田尻屋和助なるものが工夫して売り出したものという。

『千草日記』の筆者は供の市と安倍川餅を食べている。天和三年（一六八三）三月十五日のことである。

府中を出て、安倍川村に至る、この所の餅は名物なり、「市よ、いざ寄りて食ひなん」

と餅屋に入るが、驚くほどきれいな座敷で、庭にはサトザクラの一種桐谷桜があでやかに見える。そこに若い女性が出てきて、

「お江戸からで御座んすか、此程の雨に川も深う御座んすぞ」などいふ言葉つゞきいと上ずめかしく、京の人とみゆ、うちつけなれど、「都よりいかなるよすがとてかゝる所へ下り給ふや」と云ふに、さながら座敷へは上らで縁に腰かけて今ぞ餅を食ふなる、また彼の女出て、「御さゝをあがりまするか」と問ふ、さゝとは何のことにや聞きわくべき身のほどにもあらぬにとて、煙草すい〳〵駕籠にのりぬ、
京から下ってきたらしい店の女に少々鼻の下をのばしていたようである。

益子広三郎は、
竹細工もの名産紙合羽抔安き所なり、操芝居も御ざ候、

安倍川といふ川有、川越銭四拾五文ツヽ、水浅き川也、あべ川もち名物たべ申候、夫より手越村とい
ふ所有、

と竹細工・紙合羽について記し、安倍川餅を食べている。

『伊勢参宮花能笠日記』の渡辺安治は府中の遊所について簡単に記している。

当所町数九拾六町有といふ、又二丁町とて遊女町あり、

渡辺安治が記しているように府中の町数は九六町で、明治末年まで街路も町名もほとんど変ることはなかった。

二丁町とは安倍川町の俗称で、府中の遊所は安倍川町に集められた。

御局のみやげも駿河竹細工　　六四18

駿河細工で竹の代にあそばされ　　一〇二15

二代将軍秀忠は次男を偏愛したが、春日局が駿府の家康のところまでこれを訴え、無事竹千代こと家光が三代将軍に就任する。

遠州を駿河の籠に活て見せ　　九七32・九八50

駿河の名物一富士に二町まち　　一〇七30

義理で富士を一番にしているようである。富士よりも白粉を塗った富士額を見ているくせに。

阿部川で馬はきなこをあびて行　三36
あべ川はしらふさかわはよっぱらい　一六8
下戸の年礼阿部川に留られる　四五17・19
阿部川で留られて居る下戸の礼　七三5

挨拶に行って出された酒で泥酔というのもみっともないが、安倍川餅の食べ過ぎというのもサマにならない。

東海道について書いた作品を代表するものといえば『東海道中膝栗毛』である。その作者十返舎一九は明和二年（一七六五）府中に生まれた。そこで『膝栗毛』の主人公弥次郎兵衛も府中の出身という設定である。『膝栗毛』の発端によると、弥次郎兵衛は府中の相応の商人であったが、二丁町こと安倍川町で遊び、その一方、旅役者華水多羅四郎の弟子鼻之助と衆道の関係になっている。両刀遣いである。ついに弥次郎兵衛は財産をなくし、鼻之助と共に江戸に出て、鼻之助を元服させ喜多八と名乗らせている。

弥次さん喜多さんというと親しみやすいが、『膝栗毛』を中学や高校でまともに取上げたらとんでもないことになってしまう。

安倍川餅を食べたら安倍川を渡ろう。安倍川は川越人足による渡河である。

春雨の客阿部川に留められる　六八4

川越人足による渡河と書いたが、渡舟による渡河も行われていたようである。幾つか事例を挙げておこう。

大田南畝は舟で安倍川を渡るが、彼は公用の旅であったからということではなさそうだ。菊枝楼繁路は渡舟賃四五文を支払い、嘉永元年（一八四八）一月下野国塩谷郡上三依村（栃木県塩谷郡藤原町）から伊勢参宮に旅立った阿久津重雄は、その旅日記『神路山詣道中記』に、四〇文を支払い舟で安倍川を渡ったと記している。

安倍川上流の足久保は茶の産地として知られ、幕府の御用茶となり年々献上された。

内蔵介府中の宿で茶ものまず　八四25

餅も茶も扨阿部川は悪く無し　五一30

安倍川餅を商う茶店ではうまい茶も出たのだろう。

四　丸子から島田まで

1　丸子宿

江戸から四六里四町余。益子広三郎は、
　此処町家少き悪敷町なり、
と記し、錦織義蔵の評価も「下」である。
丸子は鞠子とも書くことから、

　一ィ二ゥ三ィ四ゥ五日目に鞠子宿　一二一14

　朝もやに馬士唄はづむ鞠子宿　一三二12

川柳も手鞠唄になったり、馬子唄も鞠のごとくはずむことになる。
丸子といえば「とろろ汁」があまりにも有名である。

　阿川餅の跡へ喰ふとろゝ汁　一四〇22

腹にたまるものばかりである。

芋掘も鞠子ではづむとろゝ汁　㈩別中20
まりこのけんくわ摺子木をや たら出し　二九9

食べることが大好きな『東行話説』の土御門泰邦はもちろん食べている。

名だかきとろゝ汁とはいかなるものぞと、取寄て見れば、山薬は此山の名産と見えて、いかにも色白く、青海苔も近浦よりかづき上たりとおぼしくて、色も香もうるはし、梅若葉に並べたる理り也、只怨らくは、味噌のあしきに、鼻も聞きがたく、舌もちゞみて、そら音をはかる咽の関も是はゆるさぬ斗也、

山芋については文句がなかったようだが、味噌の味に閉口している。これについて鈴木晋一は品質の問題というよりは好みの問題で、関西方面との味噌の違いがあるのだろうと述べている（『東海道たべもの五十三次』）が、その通りだろう。泰邦、食通ぶってもしょせんはこの程度である。

幕末の尊攘派志士清河八郎は安政二年（一八五五）三月二十日に母を連れて出羽国庄内田川郡清川村（現山形県東田川郡立川町大字清川）を出立。善光寺から名古屋・伊勢神宮そして西国各地を巡り、帰路東海道を歩き『西遊草』を残しているが、七月二十一日丸子でとろろ汁を食べている。

まり子駅にて名物のとろろ汁を以て食事をなすに、名物にてはめづらしきうまき事なり、各《おのおの》へ十分食らわせ、

とその味を誉めている。

丸子宿の近くに位置するのが柴屋寺である。室町時代の連歌師宗長が草庵を結んだところで、室町時代に成立した東海道の名所であり多くの文人が訪れている。街道文化の一つの拠点になったところといってよいだろう。

国学者で狂歌師・読本作家でもあった石川雅望の旅日記『草まくら』（国立国会図書館蔵）によると、

まり子につきて米尾某かもとにやとる、また日たかけれハ、柴屋宗長かすミたる菴のあとミむとてゆく、あるしの僧出て宗長かもてる釜・ひとよきりといへる笛なととり出しミせつ、此ほかに連歌の式を歌によミたる一巻、宗長の筆なりとて見せつ、庭のさま池のこゝろなと、むかしすミけむなこり見へて、あはれなり、竹の林のもとに宗長の墓あり、あるしの僧手つくりな

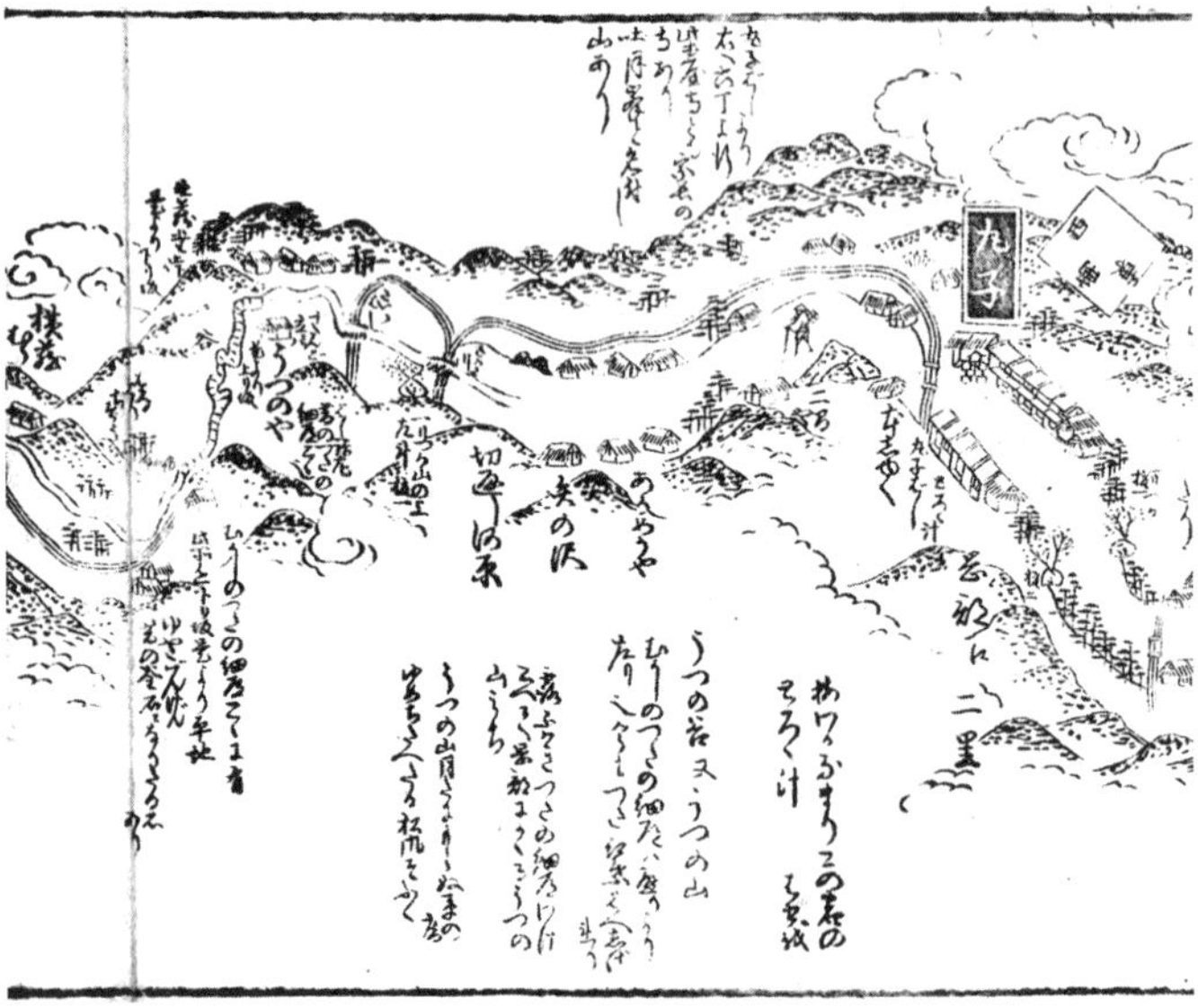

りとて茶をつゝミてあたへぬ、日もくれかゝりぬれハやとりに帰りぬ、

というように、寺僧から宗長の遺品を見せてもらっているが、釜とは宗長が足利義政から拝領したものという。

柴屋寺は今もなお地域における俳人達の象徴となっているようである。柴屋寺の周囲には吐月峯・天柱山・首陽山が聳えるが、吐月峯は灰吹の代名詞ともなっている。

灰吹とは喫煙道具のことだが、禁煙運動の高まりと共に煙草文化も忘れ去られようとしている。これはいまだに煙草を吸っている筆者のヒガミでもあるが、一応灰吹について記しておこう。

灰吹とは煙草の灰を捨てる竹筒のことだが、吐月峯の竹で灰吹を作り吐月峯の焼印を押したことから、灰吹を吐月峯と呼ぶようになった。キセルの灰は灰吹にポンと叩いて落とすため、どうしても竹の切り口が荒れてしまう。岡本かの子の『東海道五十三次』によると、主人公の女性は毎日父のために切り口を砥石ですってきれいにしている。

一服して一句ひねる。

竹も句も風雅に茂る吐月峯　一一四31

鞠子から蹴上たやうな吐月峰　一四〇17

宇津谷峠の上り口に沿って宇津谷の集落が建ち並ぶが、ここは十団子とお羽織茶屋で知られる。

十団子については次のような伝えがある。宇津谷の街道筋には旅人を食べる鬼が出没した。そこで地蔵菩薩が旅人に紛して街道を歩いていると鬼が現れた。鬼に向って地蔵が小さなものに化け、我が手の上に乗ってみよというと、手の上で小さな玉となった。これを杖で砕くと十粒の小玉になったので、一口に呑み込んでしまったという。

『南総里見八犬伝』の作者滝沢馬琴は享和二年（一八〇二）五月九日に江戸を出立し、京・大坂方面を旅し七月二十四日江戸に帰っている。馬琴は「宇都の山」で団子について書いている。

宇都の山の十団子は、豆粒ほどの餌《だんご》を、麻糸もて十づゝつらぬき、五連を一トかけとす、土人の説に、峠に地蔵菩薩のたゝせ給ふ、このみほとけの夢想によりて、十団子を製し小児に服さしむれば、万病癒といふ、

現在十団子は八月二十三・二十四日の両日慶雲寺で頒布しているが、とても食べ物といえるものではなく、魔除けである。しかし戦国期には峠の下の茶店で十個ずつ杓子ですくって売っていたというから、団子も大きくて腹の足しになったようである。

宇津の山団子をぬって口を過　五四36・46
宇津の谷の娘団子で縫習ひ　七二3
宇津の谷の珠数は菩薩の化身也　一五一2

珠数玉か何ぞと問へば十団子　一三五10・27

お羽織茶屋とは豊臣秀吉が小田原北条氏攻略のため宇津谷の里を通った時、休憩した家の主人石川氏の対応に感服し、北条攻めの帰路石川氏に秀吉が着用していた陣羽織を与えたことによる。羽織は現存している。

いよいよ宇津谷峠である。宇津谷峠は『伊勢物語』東下りの段で宇津の山として一躍有名になったところである。主人公は蔦・紅葉が茂る峠で見知った修行者と出会い、京への文を託している。東海道文化の原点あるいは核となったものが『伊勢物語』東下りの段であるが、東下りのキーワードは八ツ橋と杜若、宇津の山、富士山、隅田川に飛ぶ都鳥である。このことについては拙著『東海道の創造力』（臨川書店）を参照されたい。

『伊勢物語』の時代の宇津谷峠の道筋はいつしか廃道となり、「蔦の細道」と呼ばれるようになっている。

足繁く蔦の細道ふみ広げ　九七14
蔦の細道金波のうら通り　一〇二41
世渡りの蔦より細き宇都の山　一二三別24
蔦の細道書いている上絵書き　一四〇14・18
ふみわけて峠へ登る歌の道　一三〇35

『千種日記』の筆者は天和三年三月十五日に宇都谷峠を越えている。

やう／＼宇津の山に登る、つたの細道は、いま行道の左に有、今は人の通ふべくもなくあれて、まれ／＼にも行人は、むばらからたちにかゝりてなどいふ、坂を登りて茶屋多く、十団子といふ物を売る、茶屋の女いと清げにつぶ／＼と肥ゑて、目見口《まみくち》つき愛敬づきて、いとゝがなげなるが、価の銭数へたるさま、いとふつゝかなり、

蔦の細道は随分と荒廃していたようであるが、文人達は歩いてみたかったようである。『東海名所図会』の著者秋里籬島は執筆にあたり蔦の細道の調査をしている。

蔦細道　宇津の山にあり、海道より右の方に狭道あり、これ古の細道なり、予東路順覧の時、此道を見んとて、所の者を弐人案内者として傭ひて、此狭道を見る、まづ案内者なる二人、鎌を手々《てんで》に持て、篠原に入て薄《すゝき》茅《ちかや》を刈て行道を分る、篠竹都て五六尺ばかり生茂りて、中に嶮路所／＼にありて、漸手を引れて歩み行、

「右の方に狭道」とあるが、籬島は京から江戸に向っているので、蔦の細道は右側になる。籬島が『東海道名所図会』の中で自身の行動について記しているのはここだけである。宇都谷峠は彼にとっても憧れの地であったのだろう。

2　岡部宿

江戸から四八里四町余。益子広三郎は宿の評価はしていない。錦織義蔵は「下中」である。特に「右ノ方家ワルシ」と書いている。

『千種日記』の筆者は

岡部　六弥太忠澄の住みける所なり、里のあなたの八幡宮は忠澄、殊に尊み給ひし御宮なりとぞ、

これに対し『東海道名所図会』には

丸子まで弐里、此宿の西に八幡村といふあり、左の方の山上に祠あり、土人岡部六弥太の霊を祭といふ、これ謬《あやまり》なり、六弥太は武蔵国岡部なり、こゝは岡部美濃侯の生土神《うぢしん》といふ、

岡部六弥太は一の谷の戦で平忠慶を討ち取った武将として知られるが、『東海道名所図会』にあるように武蔵国岡部の人である。地名が同一であるため関係付けられてしまったのだろう。名所・史跡成立の一つの

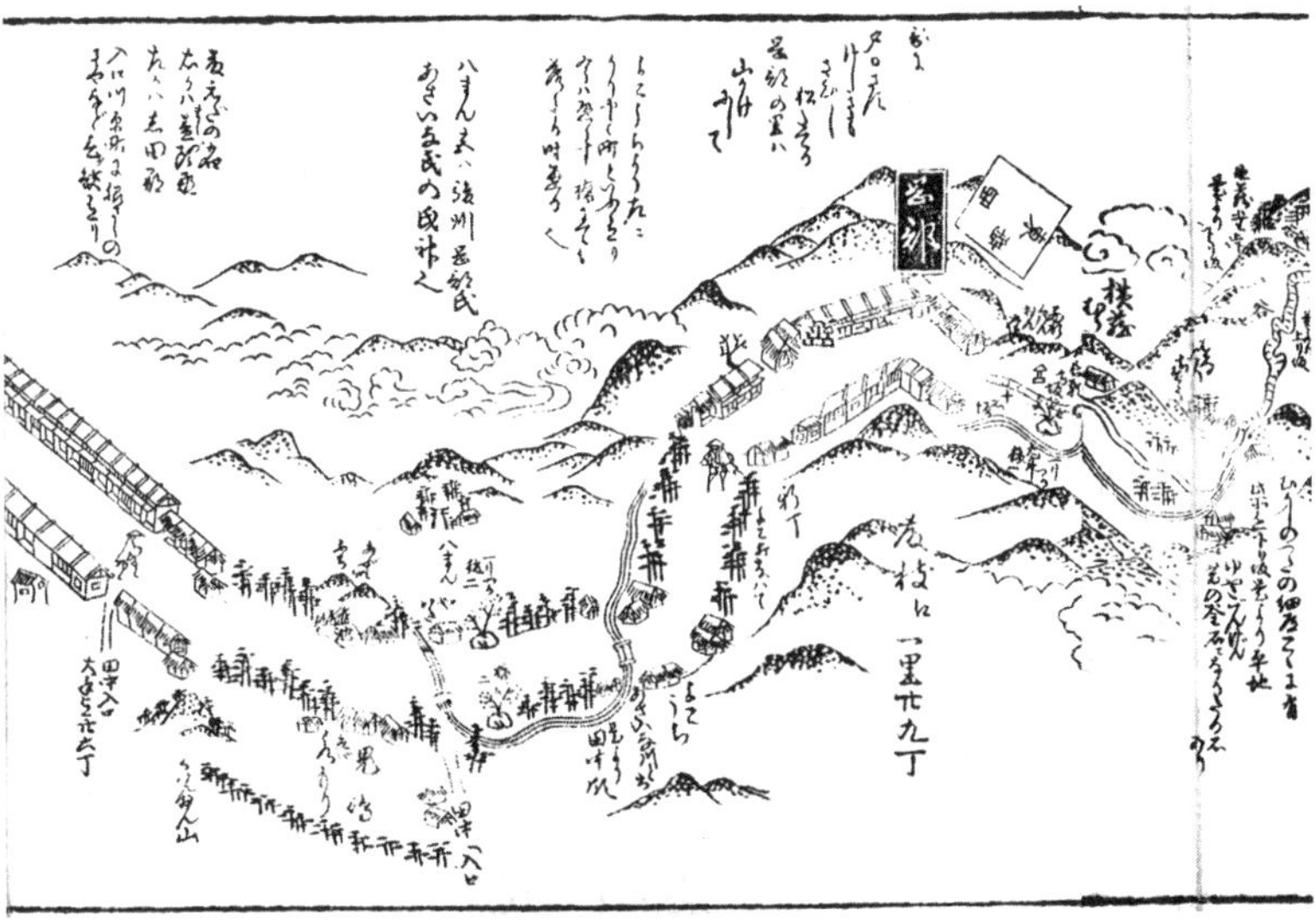

パターンである。ということで川柳も牽強付会で……

しゆんぜいに岡部それからにくまれる　一三28
おかべのうへにたゞのりはきつい事　四五9
岡部にはきらずも安くあつかはれ　九五12

藤原俊成は平忠慶の和歌の師である。

3　藤枝宿

江戸から四九里三〇町。益子広三郎は、

御城下なり本田(多)豊前守殿知行四万石、町家も惣応なり、

と記し、錦織義蔵は「中下」の評価。彼は藤枝と島田の間の青島で焼酎鮓を食べている。「面白シ」と書いているのでそれなりの味であったのだろう。

焼酎鮓は名物とは言い難いが、藤枝・島田間の名物といえば瀬戸の染飯である。染飯について『東海道名所図会』は次のように記している。

名物染飯　瀬戸村の茶店に売るなり、強飯を山梔子《くちなし》にて染て、それを摺つぶし、小判形に薄く干乾《ほしかわか》してうるなり、

藤枝宿には熊谷次郎直実由縁の寺蓮生寺がある。『東海道名所図会』によると、出家した直実こと蓮生が京から故郷熊谷へ帰る時、藤枝で路銀が足りなくなってしまった。彼は宿の主人に念仏を十遍唱え、これを質物として銭一貫文を借用した。

上洛の時蓮生は借金を返済するが、その時宿の主人に質物の返却を求めている。主人が何のことかわからずにいると、蓮生は念仏を十遍唱え給えという。主人が念仏を十遍唱えると、庭前の池に青い蓮が一〇茎咲き出した。これにより主人は出家して自宅を寺とし、蓮生寺と号した。

念仏を質に置たもよすて人　四二10、一〇六16
念仏をせりうりにして堂を建　四二12
熊谷は扨ありがたき言葉質　一二七100
蓮生が質は末世に名を流し　一三五1
古来稀なる質草は蓮の花　一六六16

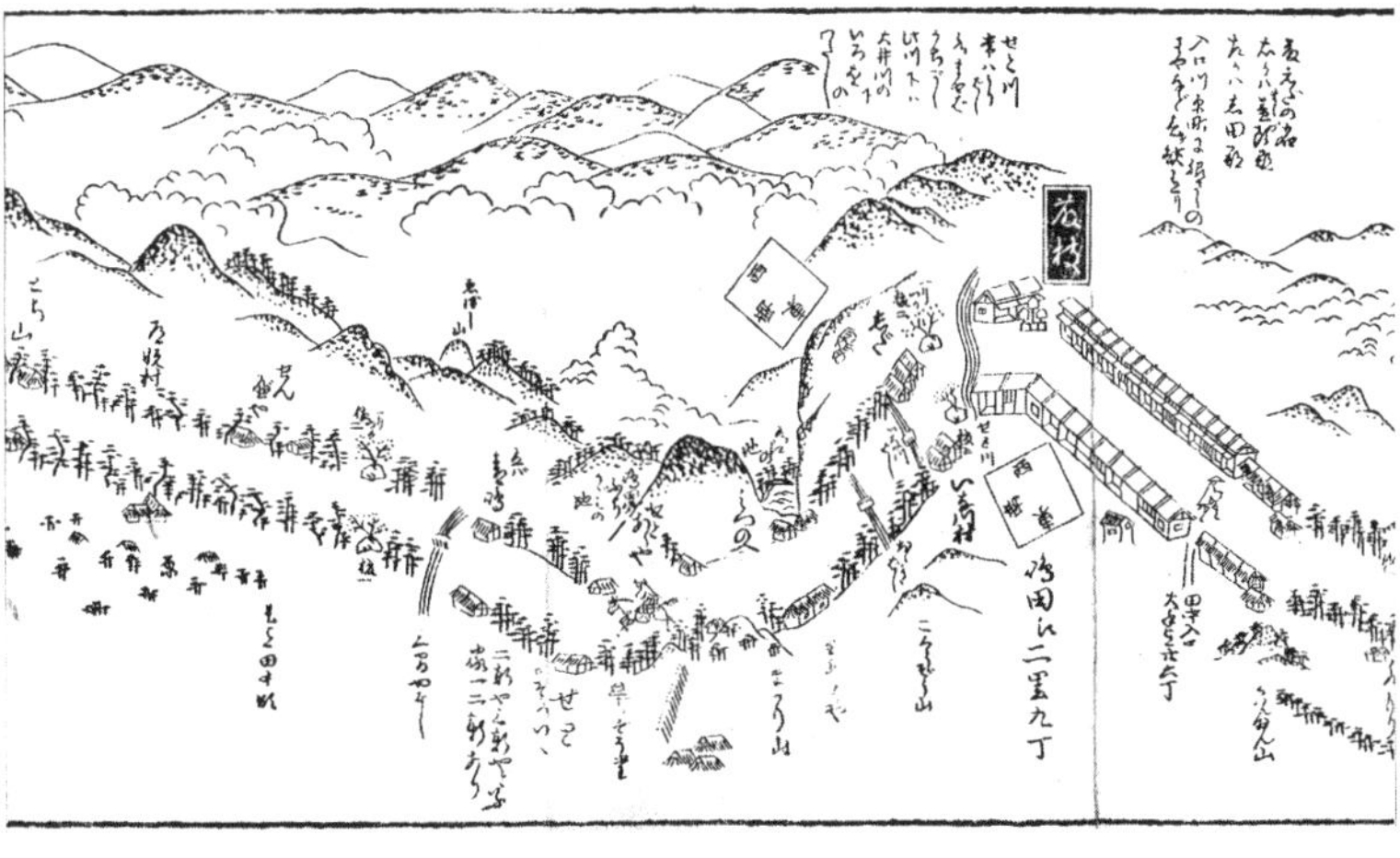

蓮生は西方浄土に向って背をむけることはなかったということから、

蓮生が馬上朝日が背へ当り　八二29

美食家を通り越し、がっつきといった方がふさわしい土御門泰邦は名物瀬戸の染飯は食べていないが、藤枝の名物として鮫皮について記している。

藤枝に取つく所に休む、宿の亭主富士見や文左衛門といふが出向、富士見屋というても、見へねば是非もなし、此所には数の子のごとくなるこまかなる鮫にて、刀脇差の鞘を巻て家毎に棚に下げ置つ、

藤枝や花かひらぎのさや巻ける鮫皮の数〻棚に下れり

鮫の一種は刀の装具として利用されるが、この辺りはその鮫皮が沢山獲れたようである。

藤枝を出ると瀬戸川を渡る。川越人足による渡河である。

瀬戸川の川越については清河八郎が詳しく記している。

宿外《しゆくはずれ》に瀬戸川といふあり、水溜り同前にて脇に橋をかけをけり、然るを往来の人を無理に手綱ひきわたし、橋を通さずして銭をとる、たとひ小藩たりとも、其城下にありて斯《かく》なる面目のあつき仕形、にくみにたへぬなり、往還の人をさまたげ、無理の利をはかる、人間のうちにも豺狼《さいろう》の多きところなり、

季節によっては瀬戸川は水溜り同然のようであったらしい。そこに橋を架け、しかも橋を通さず川越賃

を徴収したというのだから悪質である。悪質と書いたが、宿場側には宿場側の言い分があったのだろう。

4　島田宿

江戸から五二里二町余。益子広三郎は島田宿の評価は記していない。錦織義蔵は「中下」で「遊女アリ」と書いている。

島田といえば多くの人が知る宿場であるが、島田＝大井川となってしまい、旅日記に島田の様子が記されることはほとんどない。旅人にしてみれば最大の関心事は大井川を越えることである。そこでここでは大井神社の帯祭りと、島田髷について書いておこう。

大井神社の四年に一度の祭礼は俗に帯祭りと呼ばれている。大井神社は下島というところにあったが、元禄初年東海道沿いの現在地に遷座した。元禄八年（一六九五）九月最初の祭礼の時、他所より島田へ嫁入した新妻が晴着の帯

を神前に捧げ、新たに氏子となったことを告げたという。

こうした風習が発展し、大奴達が両刀の代りに木刀を左右に突きだしたように差し、そこに帯を挟んで町内を披露して廻るようになった。そのため島田へ嫁入する女性はよい帯を持参するようになり、これを見物しようと多くの人々が見物に来るようになった。京・大坂の呉服商達も帯のデザイン等を見るため、帯祭りを見に来るようになったという。

文金高島田。花嫁が結う髪型である。再婚の人が結うと不幸になるという。この島田髷については二つの説がある。一つは島田の飯盛女達は昼間は農業をし、夕方店に出るため一番手軽に結うことができる島田髷を結ったからだという。

もう一つは大磯の虎が結っていた髷を島田の女性が結ったことから島田髷の名が起ったという。ちなみに島田では虎は島田の佐平という農民の娘であったと言われている。

島田くづしには高尾はゆわぬなり　七9

島田には結ず高尾の乱髪　六四6

5　大井川

箱根と並ぶ東海道の難所である。

「箱根八里は馬でも越すが、越すに越されぬ大井川」と唄われたが、一説には越すに越されぬ大晦日とも言うようである。しかし大井川が東海道中一〜二を争う難所であったことに変りはない。とにかく大井川に関する句を列挙してみよう。

大井川留て見せうと山笑　(七)別中25
島田にも金谷にも武者五六千　三36
駿遠にあくびをさせるきつい降り　八25
島田より金谷のほうの御気がせき　九25
首数級流れるやうな大井川　一四18
島田めは銭にならぬと遣り手いひ　二〇10
襠でわたる戸山の大井川　三三5
金づくになると島田は川支へ　三三14
金玉を襟巻にする大井川　五〇20
島田金谷に大名のろくろ首　五二6
大井川六文だけは首が見へ　五七20
大井川人の継穂が越て行　六四7

現世でも蓮台へ乗る大井川　六七16
大井川越ると留の字斗り見へ　六八14
水に馴たる足取は大井川　七一22・26
鉢巻や耳を手綱に大井川　七三32
首斗りいくつ流れる大井川　七五28
生死の蓮台大井川三途川　七七36
御臨時の金の封切る大井川　八〇21
けちな奴さぼてんで越大井川　九八79
夢心地目を閉て越す大井川　一一四5
大井川首は神とも仏とも　一二一14
しやばで乗る蓮の台は大井川　一二九16
蓮台ですねおしをする大井川　一三二4・10
世を捨た身もしがみ付く大井川　一三二19
大井川花から花の中仕切り　一三二27
覇王樹といふ身で越へる大井川　一四八22
大井川人の次穂の出来る所　一六〇30

懐も干揚つて明く大井川　　一六一22
雪解して狂ふ島田の銭相場　　一六六11

『誹風柳多留』から大井川の句をすべて摘出したわけではないのにこれだけの句がある。このほかに川越の句を加えれば相当数になってしまうだろう。川越は大変であり面倒であったろうが、それよりも近世の人々は水に対する恐怖が強かったのである。

川留となれば旅人すべてが難儀するわけだが、人数の多い参勤交代の一行ともなればことさら大変である。島田も金谷も武士で溢れかえり、これから戦が始まるような状態である。前にも記したように、ここで武士同士のトラブルでも起きれば大変である。

川留が長引けば宿泊代も嵩み、大名とて頭が痛い。会計担当は臨時のために用意してあった金の封を切ることになる。川明きはまだかまだかと殿様の首も伸びようというものである。

川越は恐ろしい。世捨人でさえ思わず川越人足に抱きついてしまうのだから。いっそ目を閉じていれば夢見心地。しかし夢は夢でも悪夢かもしれない。

なお、句の中に覇王樹とあるのはサボテンのことだが、筆者には意味を解しかねる。

雪解けで島田の銭相場が狂うとあるが、雪解けなると増水して川留となり宿泊者が増加するため、銭の利用が増加し、銭相場が上るということだろう。

今日、千円を百円にしてくれといえば間違いなく百円玉を一〇枚もらえる。ところが近世は金貨・銀貨・銭貨の換算率が一定していなかった。しかも地域によって相場が異なったのである。

大井川について記した旅日記は数多くあるので、ここでは二～三の旅日記から大井川渡河の様子を見てみよう。

旧暦の五月、雨の多い季節に江戸を出た滝沢馬琴は当然の如く川留にあっている。

連日の雨に大井川往来なければ、岡部より島田の間に、諸侯みち〳〵ていとにぎはへり、予は二十日の夕島田に入る、予がしれる因幡屋てふ家も森侯の本陣となりぬ、この家旅店にあらねど、富るものなればかくの如し、よりて因幡屋の向ひ、何がし源六とかいへる商人の家に逗留す、時〳〵の飲食は因幡屋より持来りて饗応しぬ、夜中駅中の繁昌、小人の小うたなど、しばらく江戸に在るが如し、川は十五日より廿二日にいたりてはじめて明ぬ、

川留は十五日からはじまり二十二日に明いている。馬琴が島田に入ったのは二〇日なので一日の逗留で済んでいる。馬琴は知りあいの因幡屋に泊ろうとしたが、森氏の本陣になっていた。森氏とは播磨の赤穂あるいは三日月藩の森氏であろう。因幡屋は旅宿ではないが、裕福であったため森氏の本陣となっている。島田は「諸侯みち〳〵」ていたため、本来の本陣は森氏より身分・格式の高い大名が泊っていたということだろう。

丹波篠山の亀屋勇吉達一行が大井川に到着したのは三月十四日のことである。この時大井川はなんと三

月一日から十四日まで川留であった。

誠ニ旅人は伊勢参詣之人などハ跡江戻り申候様川留メニ而、旅人誠ニなんぎ致し申候、私しら同行のものハ、江戸立つとより大井川とまり申故、道もそろ〳〵歩行申候、それてもまだ大井川あき不申候て、志ま田の宿ニ昼泊り申候、それより志まだニ而客〻相談致し申候ハ、此志ま田より大井川の川上を渡りて秋葉山へ行道なくかと、私しら同行のものより外の客へ尋候ハ、それは此宿ニてハ咄しする事ならぬと被申候、其秋葉山へのぬけ道有候得共、此大井川も昼ハあくよふと被申候故、そんなら昼迄まつと外の客と相談して、昼迄待申候、それより昼口ハ大井川あき候て、かたくま《（肩車）》ニ而渡り申候、此川泊り候日数合て十三日之間也、誠ニ志ま《（島田）》の宿・かなやの宿と両宿の旅人凡壱万人の旅人ニ御座候、それても川あき候得は、私しらの同行ハ朝五ツ時より八ツ時迄まつた、川わたり申候、誠ニ咄し聞ニ仕合ニ御座候、

半月近い川留とあってはとんでもない出費になってしまう。興味深いのは勇吉達が既に江戸で大井川の川留を知っていたことである。川留情報は島田から幕府に報告され、何らかの方法で旅籠屋などに伝わったのかもしれない。しかしそんなこととは関係なく、このような情報は東海道を一瀉千里の勢いで伝わったのだろう。

勇吉達は川留のことを計算して旅をしてきたのだが川留にあってしまったのである。結果的には一日の逗留で済むのだが、勇吉達はかなりあせっている。そこで彼らは客同士で、「大井川の上流に秋葉山へ出

る道があるのじゃないか」と相談し、他の客にそのことを話したところ、「そういうことをここで話してはいけない」とたしなめられている。当然のことだろう。島田の旅籠屋で抜け道のことを堂々と話していることが知れれば大変なことになる。

翌日、川が明き、川越開始が朝五ツ時というから午前七時頃、彼らが川を越えたのが八ツ時（午後二時頃）であった。七時間前後待たされたことになるが、島田にも金谷にも相当数の旅人が滞留していたはずである。しかも川越は人足によるわけだから、七時間前後で大井川を越えることができたことを良しとしなければならないだろう。

清河八郎は大井川の川越について痛烈な批判をしている。

> 少々づつ雨あれば、直様止めて人行をさまたげ、凡天下に於て無理して金をむさぼるは、此所にすぐるはなし、僅か徒わたしのなる小川にて、入らぬ金をとりて人気をいため、大名などの往来にては、たとひ渇川にても数千金を費し、少しの雨あれば川を止、また莫大の黄金をむさぼり、さりとて公儀にをさまるにもあらず、（中略）一旦大事に及ぶときはわづか一またぎの小川、たとひ舟梁あらずとも、何の越す事の難《かた》きあらん、

ひとまたぎは少々言い過ぎだろうが、大井川は旅人にとって厄介なところではあった。

大井川は天然の要害ということで、架橋・渡船が禁止されていたというが、一六〇〇年代後半に入ると渡船等に関する願いが出された。幕府も川越を容易にしようと考えたようだが、島田や金谷の反対により

実施されることはなかった。

五　金谷から見付まで

1　金谷宿

江戸から五三里二町余。益子広三郎は、

　此処悪き町家也、折節ゑひす講ニ御座候間、何ぞ魚をたべ度存候処、更々無之あふらけ計いやはや込り払《（ママ）》中候、

と記しており、魚を食べられなかった腹いせのようにも思えるが、錦織義蔵も「下」と評価しているから、これは筆者の穿った見方のようである。

大井川を渡れば金谷の宿だが、その到着状況は川柳では次のようになってしまう。

　股ぐらの首がぬけると金谷なり　三三4・14、㈩別中27

前掲大井川の句にも、

　駿遠にあくびをさせるきつい降り　八25

とあるように、大井川を渡れば遠江国である。

金谷から臼ひき唄を覚て来　一28

御たいくつ金をば谷へすてるよふ　二一18

蒼求を焚て金谷の御日永　一〇四11

大降りに金谷泊まりは高枕　一二一14

金屋の句もまた川越関係である。長い川留であれば臼引きを手伝い、臼引き唄も覚えてしまうだろう。それにしても何もすることがない。金を谷に捨てるようなものである。しかし西に向かう旅人であれば金谷泊まりでも、どれほど雨が降っても安心である。

蒼求は薊に似た花をつける「おけら」のことで、この根を焚くと部屋の湿気を取るという。蒼求でも焚いて湿気を取り川の明くのを待つとするか。

金谷からは小夜の中山に向かうが、途中で菊川を渡る。この辺りは中世の宿場であったが、承久の乱（一二二一）に加

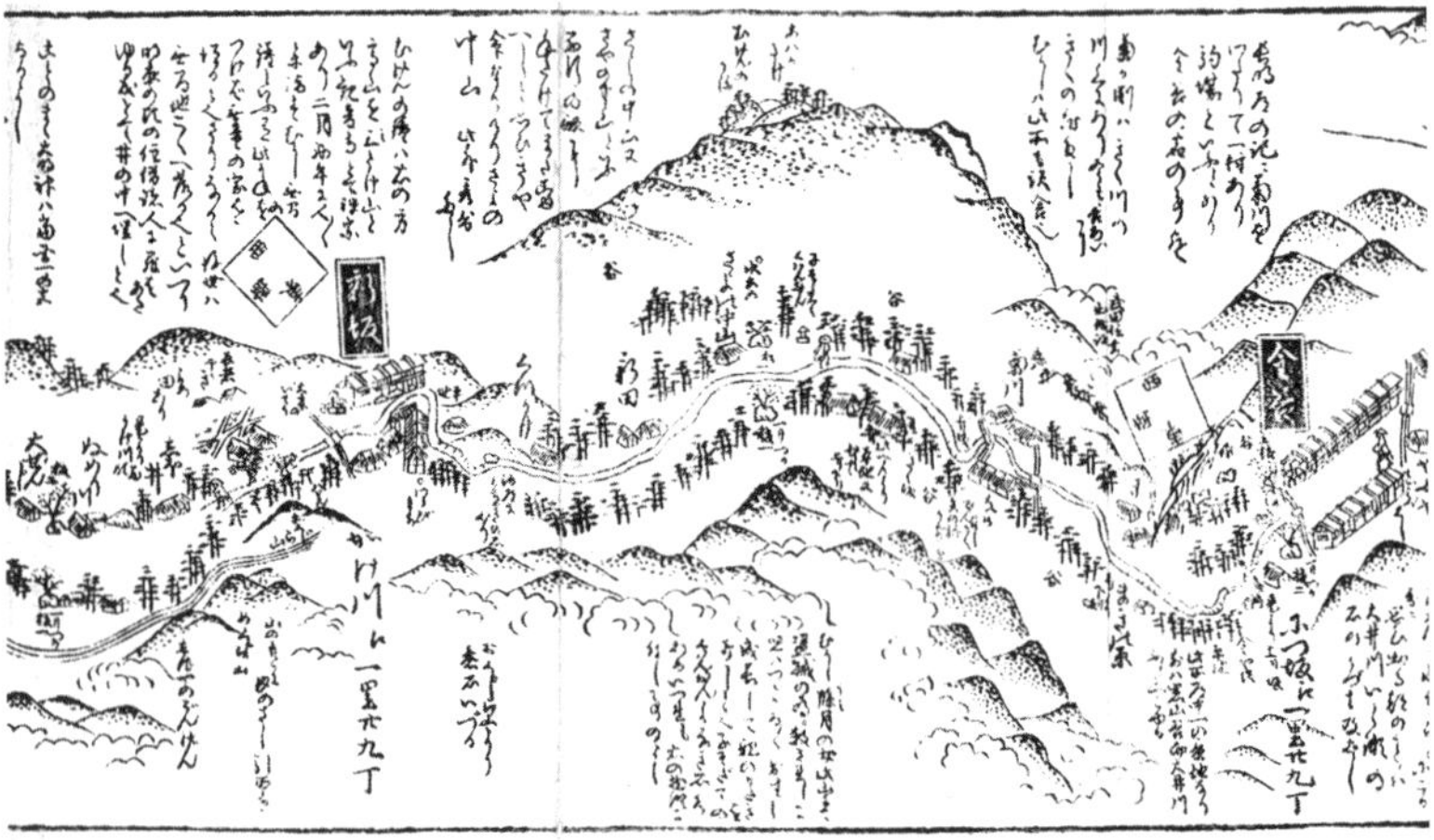

担した藤原宗行が鎌倉に護送される途中、ここで漢詩を詠んだことで知られる。詩の大意は中国南陽県の菊水という川の水を飲むと長生きするというが、同じ菊の名が付いても私は間もなく命が終わるというものである。彼は駿河の遇沢という所で処刑されている。

菊川で寿は保たねど名は薫り　一二八1

命を永らえることはできなかったが、後世までその名が残ったのだから諦めてもらおう。小夜の中山は古くより東海道の難所として知られるが、歌枕でもあった。その小夜の中山をより一層有名にしたのが、西行の詠んだ次の歌である。

年たけてまた越ゆべしと思ひきや命なりけり小夜の中山

西行の歌も川柳子にかかれば都合の良いところだけがつまみ食いされることになる。

命也けりくわい気してはたち也　一二7

命也けり小夜更て水の味　七一24・26、一三六34

命也けり小夜更て艾の香　八五14

大病も快気して二〇歳を迎える。医学の未発達の時代二〇歳を迎えるのは大変であったろう。カラカラになった喉を通る水はまさに命なりけり、なりけり。

小夜の中山といえば夜泣き石と水飴である。夜泣き石については幾つかの伝承があるが、その大意は次の通りである。この峠で妊婦が盗賊に殺害されたが、お腹の子は無事であった。殺された妊婦あるいは赤児の泣き声が峠の石に乗り移り、夜な夜な泣くようになった。赤児は土地の女性または久延寺の僧に育てられたという。亡霊となった妊婦が水飴を買いにいったとか、弘法大師が関係するといった話もある。後日譚として、成長した子供が母を殺した盗賊を見つけ、仇を討ったという。

夜泣き石は街道の真ん中にあったため、通行の邪魔になったようだ。

夜はなきひるは旅人のじやまに成　二一13、八〇21

行列を竪ざきにする夜なき石　一三二10

御同勢竪裂のする夜泣石　一五四2

殺された妊婦を偲ぶような句もある。

朝霜にさえて泪の夜泣石　一一五4

名物の水飴は餅に塗って売られるようになり、飴の餅として旅人の小腹を満たした。

水飴も横おりふせる小夜の山　一三二7
飴の餅でもだまらぬは夜泣石　一三七19

水飴もよいが、赤ん坊には人の優しい手の温もりも必要である。

夜泣き石側にありたき乳母が餅　一三六18・28

言うまでもなく草津宿の乳母が餅である。

小夜の中山の北西に聳える粟ヶ岳中腹に所在する観音寺には無間の鐘がある。無間の鐘を突けば望むだけの金を手にすることができるが、死しては無間地獄へ墜ちると伝えられている。

川留めにむけんのかねへさそわれる　一〇35
金谷立ち無間へまはり昼になり　八〇22
金谷立ち無間で昼の飯を喰い　一一二23・26

無間の鐘は歌舞伎などにも取り上げられているが、明治十一年には「梅が枝の手水鉢」として歌に唄われるようになっている。

この世でいい思いができれば無間の鐘をガンガン叩き鳴らしたい、と思う人も随分いるだろう。西洋にも悪魔に心を売るとどのような望みでも叶うというような話のあったような気もするが。川留ですっかからかんになった旅人であれば切実に鐘を鳴らしたかっただろう。

ここで、文化六年（一八〇九）一月六日現在の山形県鶴岡市八色木を旅立ち伊勢・西国方面を巡った日向宇兵衛の旅日記「道中記　上」（筆者蔵）により、金谷から日坂までを記しておこう。

△金ナ谷迄　　一里

家数四百軒余、宿屋多し、是より山坂難所也、下れハ菊川村、夫より小夜の中山此所飴メ餅の名物、茶や多し、爰ニ子育テ観音堂有、清眼寺右ニ見て通る、昔シ此所無見（間）の金（鐘）有所也、夫より海道之真中ニ夜鳴石有、

2　日坂宿

江戸から五四里二六町余。日坂宿について益子広三郎は次のように記している。

爰はわらひ餅名物、たべ申候所散々悪敷餅御ざ候、菊川なめしてんがく名物之由なり、坂下りの町家惣応なり、ちりはらい見事拵売申候処なり、山花村大賀といふ合の宿あり、

惣応の町家ということだが、どうやら東海道有数の名物と言われる蕨餅の味が余りにもひどかったようである。彼らは食べなかった菊川の菜飯田楽が心残りのようである。

実際、日坂の蕨餅は蕨の粉ではなく葛粉で作られていたようで、多くの旅日記にそのことが記されてい

る。日坂は塵払いも名物であったようだ。

錦織義蔵は「下」と評価している。彼も蕨餅を食しているが、感想は記していない。義蔵は日坂・掛川間の馬喰村の松屋で小休しているが、ここの名物について書いている。

○名物うなぎ○どじよう、旅人多クうなぎ食ス繁昌ノ店也、

日坂の川柳も蕨餅に関する句である。

餅の仕入に日坂で山を焼　一一一16

餅の材料である蕨が沢山出るよう山焼きをする。

日坂は喰れぬやつを縄になひ　一二四114

食べられないようなものは縄の材料にするというが、蕨が縄になるのか筆者は知らない。ことによったら葛のことであろうか。

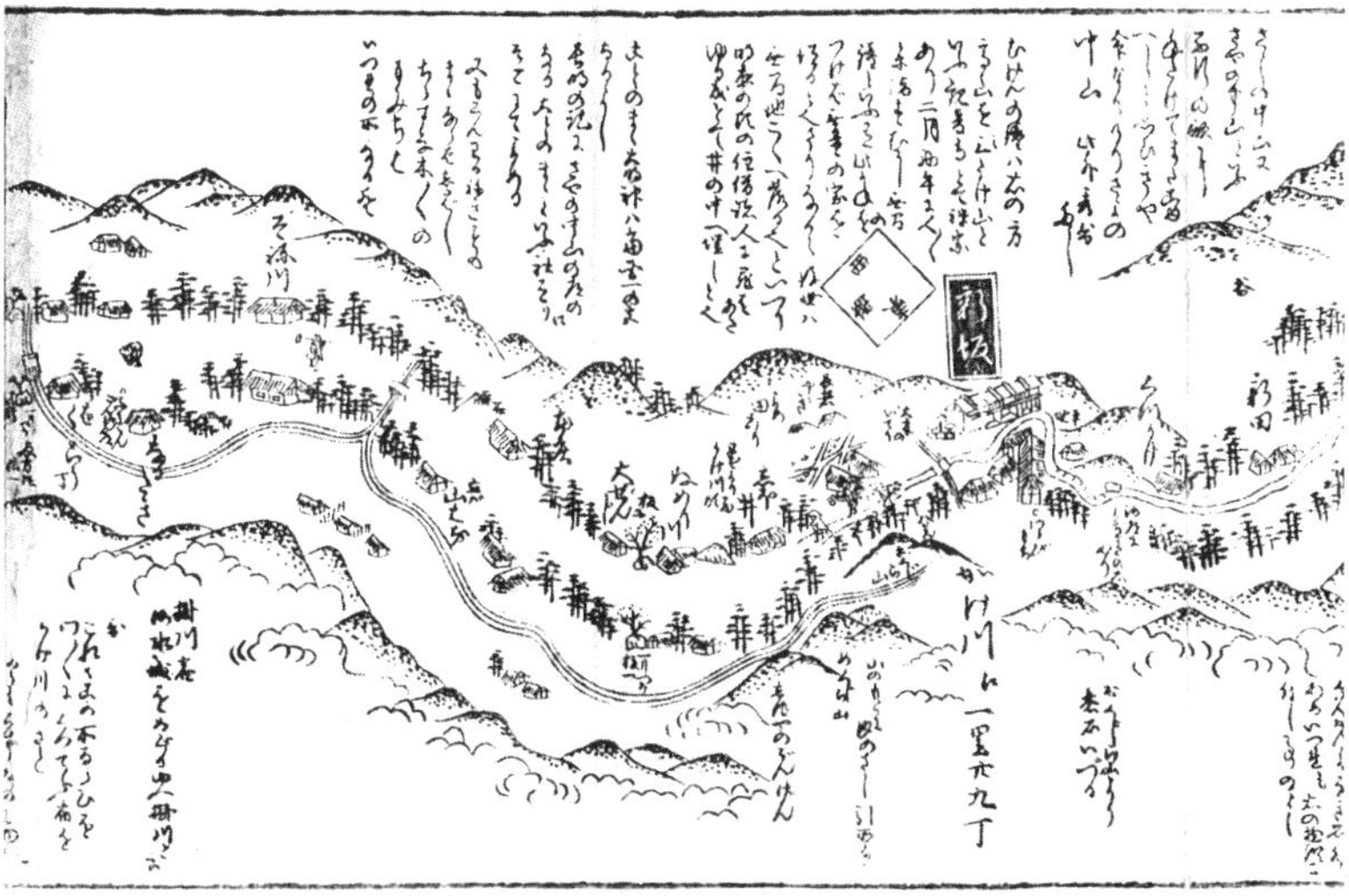

そのほかの日坂に関する句を挙げておこう。

ぜんまいの餅だといつて笑らはれる　八〇20

日坂でうわさのたゑぬ首陽山　八〇20・21

日坂へ来て兄弟の物語り　㈩別中19

数年前日坂へ調査に行ったことがある。掛川からバスに揺られて二～三〇分で日坂に到着するが、町は周囲から取り残されたようにヒッソリ。お蔭で旅籠屋など往時の建物が何軒か残っている。感傷に耽りながらスケッチをしていると雨。工場の庇で再び絵を描いていると、どなられ、現実世界へ。

3　掛川宿

江戸から五六里一九町余。益子広三郎は次のように記している。

此処御城下なり、太田摂津守殿御知行四万石、大手先通候処、町家も能町ニ御坐候、茶やも奇麗也、さつまいもの安き処ゆへ沢山相用ひ申候、

ここは太田氏の城下町である。町家もよく、茶屋もなかなか綺麗であったようだ。さつま芋が安いというのだから、沢山作っていたのだろう。ほかの旅日記にはさつま芋のことは記されていない。

錦織義蔵の評価は「中」で、名物として葛布をあげている。

○名物葛布仕入店多シ、直段安シ上物袴地ニテ代金弐分一朱
ト云々、

益子広三郎は葛布について記していないが、掛川は葛布の産地として知られる。

『東海道宿村大概帳』にも

一此宿少々之農業有之、旅籠屋ハ旅人の休泊を請、又ハ食物を商ふ茶店有之、且此宿にて男女共葛布を織る、其外仕訓たる手業なし、

と、葛布生産のことが記されている。掛川の葛布は中世からその名を知られ、はじめは農民の衣料となったが、武士の裃や袴に用いられるようになると藩も葛布生産を奨励した。

東海道も江戸から遠くなるにつれ川柳も少なくなってくる。掛川宿そのものに関する句は見当たらない。

掛川宿を出ると秋葉山への道が分岐している。益子広三郎の日記には次のように記されている。

秋葉山別れ道有、爰より遠鳥居有江戸寄進也、能鳥居ニ御坐

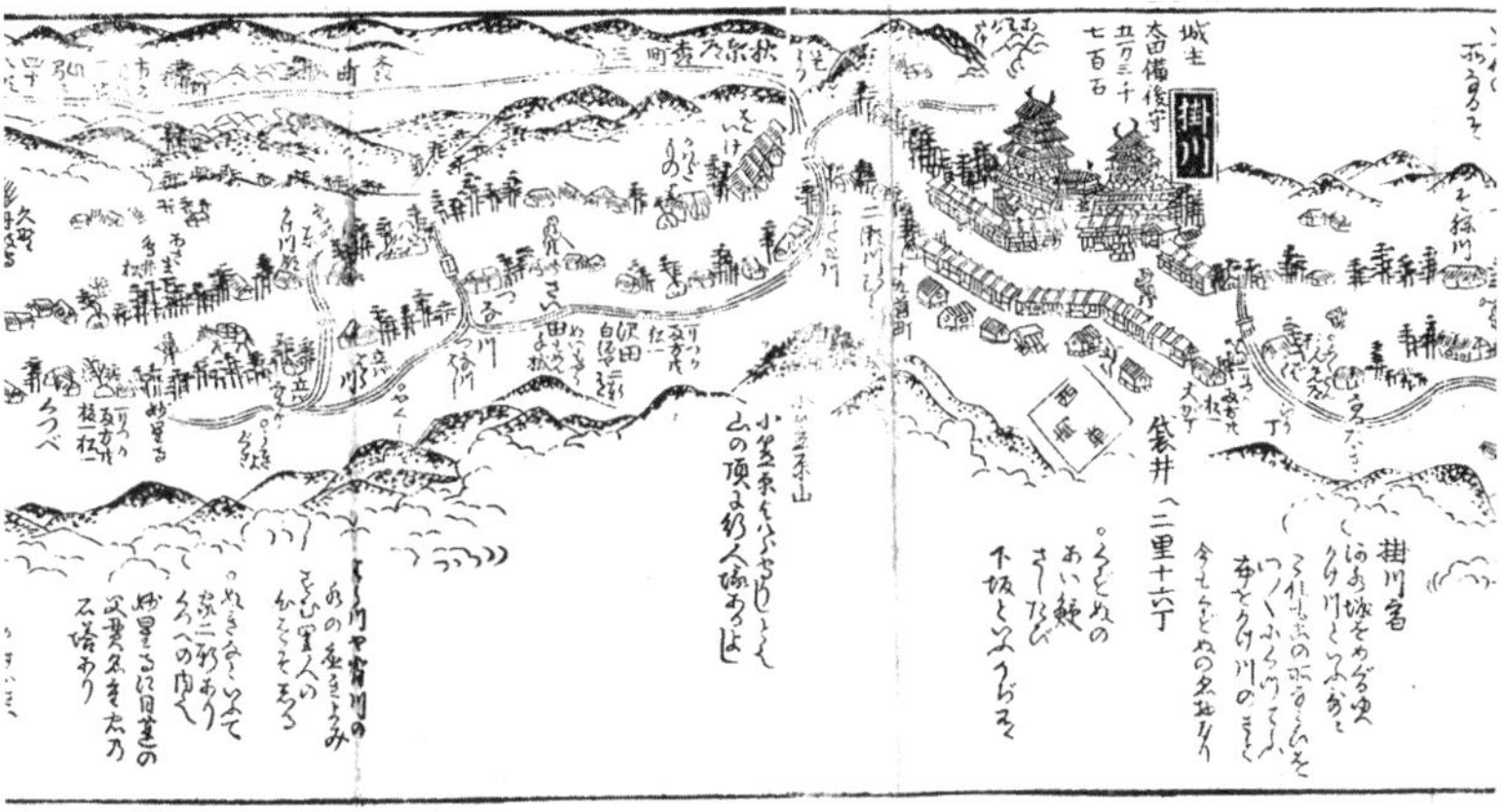

候、夫より秋葉の道へ行申候、此処田の中山岸在郷道に御ざ候、詰り〱には、ちや屋少々有、

伊勢参宮の旅といっても、前にも書いたように東海道をまっすぐ伊勢に向かうというものではなく、あちらこちらと寄り道をした。その最大の寄り道コースが秋葉山から鳳来寺への道であった。伊勢参宮者の大半は秋葉山・鳳来寺コースをとったのである。この道を行けば御油宿で再び東海道に合流する。そのため掛川の次宿袋井から御油宿に入るまでの伊勢参宮者の日記は少ない。本書に度々登場する錦織義蔵は助郷免除嘆願のため江戸に来ての帰りであるため、故郷の近江国滋賀郡本堅田村に向けて、東海道をほとんど寄り道せず歩いている。

以上のようなことから、ここでは一旦東海道を離れ、秋葉山・鳳来寺に向かうことにする。

4 秋葉山・鳳来寺への道

玉蘭斎貞秀の『東海道写真五十三次勝景』には二瀬川を渡った所に秋葉山一の鳥居が描かれ、秋葉山への道が延びている。益子広三郎の日記に遠鳥居とあるのは一の鳥居のことだろう。『静岡県歴史の道報告書』の「東海道」によると、二瀬川から大池橋を渡り、大池で秋葉道が分岐する。分岐点とみられるところには現在小祠がある。鳥居は木をトタンかブリキで包んだようなものだが、手水石の覆い家はやたらと立派なものである。入口には小さな自然石に「右あきは道　大池村」と彫られた道標が据えてある。

伊勢参宮者の大半が掛川から秋葉への道をとったものの、道はかなりの難所であった。掛川からは森・

三倉・子奈良安・犬居を経て秋葉山に至るが、益子広三郎の日記からその様子をみてみよう。

一行は文化九年一月二十一日金谷を発ち掛川から秋葉道に入っている。森の町は良い町であったようで、昼食に三〇文で餅を食べている。森からは在郷道となるが「爰より在郷道へ行、川々越は四十八瀬川わたしあり、子とも或は道作り抔銭を貰処也、」と記している。

森までの道はよかったがここからは田舎道である。子供が道を補修して旅人から銭でも貰っているのだろうか。三倉も在郷には旅籠屋が一〇軒ほどあるが、宿引きがなかなか強引であった。一行は何とかこれを振り払い一之瀬へ急ぐが、この辺りはかなりの難所らしく、「山道けわしきところなり」と記している。

二十一日は子奈良安に泊まっているが、「山の上に泊り申候処、至極賄宜敷皆々悦入申し候」と満足している。翌日は犬居に出て小天竜川を渡し舟で渡り、坂下という所に達している。ここが秋葉山への登り口のようで、「この処能宿屋茶や多し、女子とも大勢相見申候」と記している。いよいよ秋葉山への登りである。参道に「子供大勢銭貰込り入申候」と日記にあるが、子供たちは参詣者達に付きまとい銭をせびっている。

秋葉山に到着である。秋葉山に建つ秋葉寺は養老二年（七一八）行基が草創したというが諸説がある。その後三尺坊大権現が現れ鎮守として祀られたと伝えられている。三尺坊は信州に生まれたといわれ、越後長岡の蔵王権現三尺坊で修行し火難除けをはじめとする法力を体得し、飛行自在法力も得たという。恐らく優秀な修験であった三尺坊に天狗伝承が加わったものだろう。彼は三尺坊大権現と称し、大同四年

（八〇九）秋葉山に来たり、ここを道場とし広く信仰を集めたという。
近世には神道・仏教・修験道が混淆した「火伏せの神」、秋葉大権現として全国的に知られるようになり、多数の秋葉講が結成されている。明治に至り神仏分離令により三尺坊は袋井の可睡齋に遷座し、秋葉寺は廃寺となった。秋葉社も廃社となるが明治六年（一八七三）に再建された。
東海道も江戸から離れると川柳も少なくなるとはいえ、有名寺社や史跡・宿場などは川柳に詠まれている。秋葉山もその一つである。

秋葉だけ湯屋は四五日先へたち　四7

湯屋＝風呂屋は火を焚くため火事には人一倍気を遣う。そこで伊勢参宮の同行より先に出発し秋葉山に参詣する。これは川柳の世界のことであって、同行のものも秋葉山に参詣しただろう。

いろは程あるのをこすと秋葉なり　一二25
秋葉道木の葉てんぐはだんご也　一三14
夕立と雪見の間に秋葉道　六〇5、七八12
秋葉道三尺程な畦を行き　一二一14
三尺の棒杭是より秋葉道　一三二16

秋葉道寺にも鯉のあるところ　一五4

秋葉道に関する句である。筆者には解し難い句が多いが三尺坊は巧みに利用されている。三尺の棒が建っていれば秋葉道と思うだろうし、道幅も三尺とくれば言うことはない。森から秋葉山への登りは、いろは四十八曲がりの険しい道である。

このほかの句を幾つか挙げておこう。

三尺の剣四百の元手也　二六36

三尺は火ぶせ六尺火のまわり　三八2・7

三尺の剣で四百切りしづめ　四八19

三尺のぼうで火なんをよけたまふ　一〇一40

秋葉の天狗遠州で鼻の会　一〇一30

秋葉からかえりに太郎坊へ寄り　二〇26

ようよう秋葉山に到着した広三郎だが、なんと秋葉の本社というか本堂というかは火災で焼失し、再建中であった。火伏せの本家本元が火難ではなんとも示しがつかない。三尺坊がどこかへ遊びにいっていたのだろうか。「御本社焼失故漸立申候、造作出来不申候、坊中は大さふ成人数おり申候、四百人余も有らんか、大工・小《(木)》挽は百四拾人居り申候と申事ニ御坐候」と広三郎は記している。大工・木挽き一四〇人とあるが、忙しく立ち働いているなかわざわざ「恐れ入りますが、皆で何人でしょうか」と聞いたのだろうか。旅日記にはときたま、この記事は誰に聞いて書いたのだろうかと、首をひねりたくなるようなものがある。

秋葉山から次は鳳来寺に向かう。相当の難所続きである。といっても筆者は秋葉から鳳来寺まで歩いたことはないし、まして近世の道など知る由もない。ただ旅日記や絵画で知るだけである。地名が正確かどうか分からないが、益子広三郎の鳳来寺までのルートは、秋葉山から戸倉―佐井川―石打―熊村―神沢―巣山―大野、そして鳳来寺である。

広三郎の日記の記事も難所を過ぎてまた難所である。佐井川では天竜川を渡るが、この辺りに造酒屋を営む佐井川左太夫宅には蔵が一〇棟もあると記し、難所の石打で昼食に餅を食べ、山坂を越えて宿が四軒ほどある熊村から神沢に出ている。「此処在郷なれ共宿屋宜敷相見へ申候、次場同様に相見へ申候」在郷だが宿もよさそうだし、次場＝宿場のようなところ。広三郎達はここに泊まろうと思ったようだが、魔がさしたのか巣山まで進み宿泊している。ところがとんでもない旅籠で、「此処在郷なり、宿や甚わるし、重而御出之人々は神沢大野にとまり可然存候」と書いているが後の祭り。「重而御出之人々――」とあることからも分かるように、旅日記は人にみせることを前提に書かれていることが多い。

大野もこれまた難所。しかしなかなか良い町で、白酒などが沢山ある。石巻の菊枝楼繁路は文政六年二月七日広三郎同様巣山に泊まっているが、不満は漏らしていない。大野については同じく良い町と記し、鳳来寺の麓から門谷まで土地の女性が一人前十文で荷物を運んでくれるという。鳳来寺への道も石が多く大変なところで、「行者戻し」といって岩の中に仏像を安置してあるが、この辺りは這って上らなければならない。

　鳳来寺には規模は小さいが立派な東照宮がある。この東照宮は慶安元年（一六四八）徳川家光の命により建立されたものである。日光東照宮の縁起に、徳川家康は父松平広忠と北の方である伝通院が鳳来寺に参篭して生まれたとあるためである。鳳来寺には家康に関する伝承がこのほかにも幾つかあるが、その一つが寅童子の話である。鳳来寺参篭の結果母親が懐妊すると同時にこの寺の十二神像の一つ寅童子の像一体が紛失した。いくら探しても出てこないため、新しく作って安置した。ところが元和二年（一六一六）徳川家康が歿すると、紛失した寅童子が戻ってきた。これにより家康は寅童子の化身であったことがわかった。これは家康が寅年生まれによるものだが、以来寺には二体の寅童子が祀られている。

　聖代に名もあらわれし鳳来寺　八五28

　鳳来も大樹も御代の寺号也　八九33

　山号にならば呼たき鳳来寺　一一八9

　薬師堂瑠璃を延たる鳳来寺　一二三別24

鳳来寺ともなると茶化した句はないようである。

蓬莱で聞ばや寅の御分体　七七37
鳳来寺きかばや君の御返像　一三八28
鳳来寺其日竹藪抔さがし　一四六4

寅の像が無くなっては一大事。寅だから竹藪に潜んでいるかもしれない。川柳らしい句もこの程度である。あまり洒落のめすと手が後ろに回ってしまう。鳳来寺を下れば門谷の町。広三郎達はここで蕎麦を食べて山から離れるが、「是よりは平地なり」ということで山々を眺めながら余裕をもって歩いているようである。ところが瀧川という渡し場を越えてしばらく行った辺りで火事騒ぎ、山々の景色を楽しむのもそこそこに歩を早めるが、新城まで三里、退屈な道になっている。

新城で昼食を食べ、今日の泊まりは大木と決め大木に到着するが、宿銭のことで旅籠屋と喧嘩をしてしまう。「こんなところに泊まれるか、御油まで行こう」といったところだろう。彼らは夕方の五時ごろ大木を出発。威勢よく御油に向かったはいいが、陽は落ちて暗くなるし風は冷たくなる。ようよう御油に着いたのは五つ半、九時頃であった。広三郎達はこれで再び東海道の旅人となる。

5　袋井宿

江戸から五八里三五町余。秋葉山へ回った益子広三郎の記録は当然ない。錦織義蔵の日記に頼ろう。義蔵の評価は「下中」である。義蔵の旅は将軍家茂の上洛もあり、街道筋は騒然としていたようだが、日記にもそのことが記されている。

　但当宿御進発御通行之節、掛川・袋井両宿申合シ、人足三千人斗リ寄セ置タルニ不保大破シト云々、

「不保大破」がよく分からないが、宿場や街道筋は大変な状況であった。

『地震道中記』によると、袋井もまた多大な被害を受けており、宿内倒壊して丸焼けになった。特に悲惨だったのは、遊女を土蔵に入れたところ、その大半が焼死してしまったことである。三河の大寺の僧侶が、江戸まで朱印状の書き換えに行った帰り、遊女を買って遊んでいたはいいが、遊女と共に焼死。大切な朱印状も焼失してしまった。

袋井で有名な寺が可睡齋である。曹洞宗の寺で天正十一年

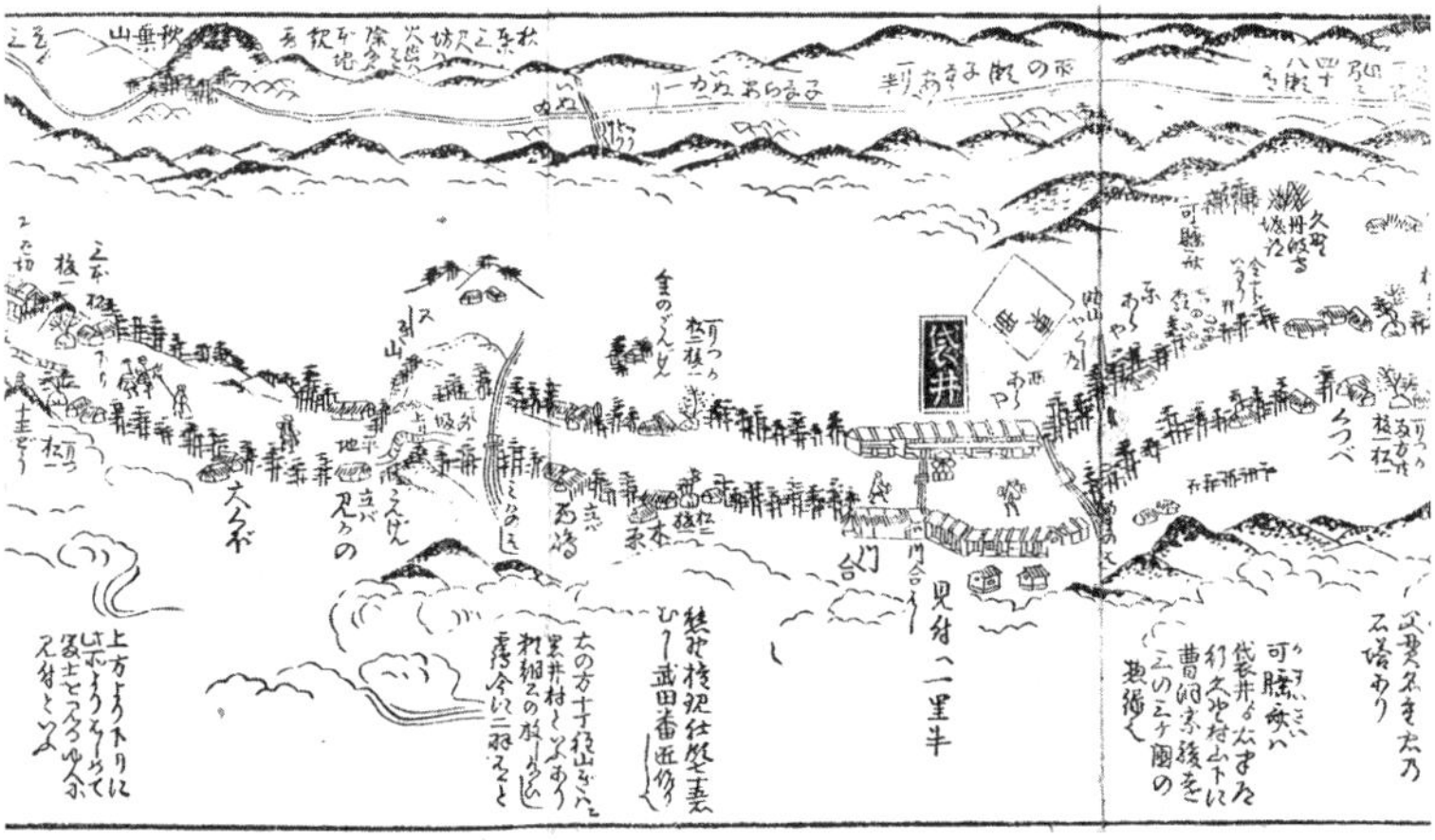

（一五八三）時の住職鳳山は徳川家康より三河・遠江・駿河・伊豆の曹洞宗僧録司を命ぜられるなど、家康が将軍職に就く以前から重視されていた。伝えによると、家康は幼少の頃当寺十一世等膳に助けられ、厚くもてなされ、あるとき家康と話をしている時等膳はうとうと眠りだしてしまった。起こそうとした家臣に対し、「和尚睡るべし」といったことから可睡齋と称するようになったという。

隠居のやふにおもわれる可睡齋　八七9

年寄が鼻から提灯でも出しているようである。

花の師らしひ遠州の可睡齋　一三二18・22

花が咲き乱れるような寺だったのだろうか。三〇年程前に訪れた時は鷺草がたくさん咲いていた。

6　見付宿

江戸から六〇里一七町余。錦織義蔵の評価は「中」である。義蔵達は見付から東海道の本道を離れ、脇道を歩いている。脇道を行けば一里ほど近道になるからである。

○但当駅ヨリ浜松駅迄一里計リ近道ヲ抜ル、尤本道ヨリハ浜辺ノ方ナリ、近頃御大名方モ此枝道ヲ御通行ト云、処々野道ニテ小休、甚アシキ田道ナリ、

とかく近道にはリスクが伴うものである。旅の注意書きなどにも、よく知らないところで近道をするなと書いてある。『東海道宿村大概帳』によると、見付からは池田村地内に出る近道は四本あるが、いずれも寛政期から旅人の利用は禁止されている。

義蔵達は浜辺に近い道を歩いたように書いてあるが、本道より北の道で、中世の宿があった池田方面に出る道ではないかと思うのだが。というのは、義蔵達は途中で池田の行興寺の僧と一緒になっているからである。この僧侶と話をしながら歩いていると、突然道を横切り熊野の墓への道を教えている。

熊野は池田の宿の長者の娘と言われるが、おそらく池田の宿の遊女であったのだろう。平宗盛に寵愛されたことで知られるが、宗盛の弟平重衡が鎌倉に護送されるとき、池田の宿で熊野の娘の侍従あるいは熊野本人と歌を贈答したという。『平家物語』海道下りの中でも多くのスペースを割いており、能の演目にも取り上げられるなど、芸能や文学に大きな影響を与えている。

宗盛は熊野にのぼせてあつく成り　㈨別上33

熊谷とへば風呂を教へる池田宿　一三二18

熊野（ゆや）ということからすれば、出来るべくして出来た句である。それにしても「熊野にのぼせて」は上手な句である。

ちとおたりなさらぬ方と熊野はいひ　七〇22

召した熊野宗盛余程あつくなり　九七15、九八49

宗盛の伸た鼻毛を熊野が抜　一六二25・26

だらしのない句ばかりである。重衡は腹の据わった武士であったが、宗盛は清盛亡き後の平氏の頭領の器ではなかった。熊野は母が病気のため看病をしたいと願うがなかなか許されず、なんとか暇をもらい池田に戻っている。

ゆや御ぜんなが居をすると水をのみ　一六26

運のよさ熊野六波羅を早仕廻　一〇九16、一二〇29

熊野も良いときに宗盛のもとを離れたものである。そのまま宗盛のもとにいれば、壇ノ浦で塩辛い水をたっぷりと飲んだことだろう。

見付から浜松へは天竜川を渡らなければならない。天竜川は急流で知られ、たびたび洪水をおこしている。河道もしばしば変わったが、寛政元年（一七八九）の大洪水によりほぼ現在の河道ができたという。下流域は東川（小天竜）と西川（大天竜）に分かれるが、主流は西川である。

義蔵達は天竜河畔の茶屋で休んでどじょうを食べ、それから小船一艘を買い切り川を渡っている。料金は二八八文である。浜松辺りの男が乗せてほしいと頼んできたので乗せている。

福島県川俣町の大内伝兵衛は天保十一年四月七日に掛川宿を出立し、天竜川を渡るが混雑し待たされている。

是ヨリ浜松ノ間ニ天竜川アリ、折フシ二条御番士方、紀州御姫様一同ニコシ合、右用船相済候迄待セラレ候ニ付、川端ニ居ルコト一時半斗、マコトニ退屈難義イタシ候、舟賃ハ一人前三十六銭、外ニ酒手十二銭ツカハシ申候、川幅至テ広シテ急流ノ場モ有之、中々大河也、

公用の通行、それに紀州の姫様の通行とあっては待たされるのも致し方ない。紀州の姫様とはもちろん三島の火災で取るものも取りあえず、三島を逃げ出したあの姫様のことであろう。

宮負定雄の『地震道中記』によると、天竜川の堤防はことごとく崩壊。「此近在加西というところに、家蔵共に地

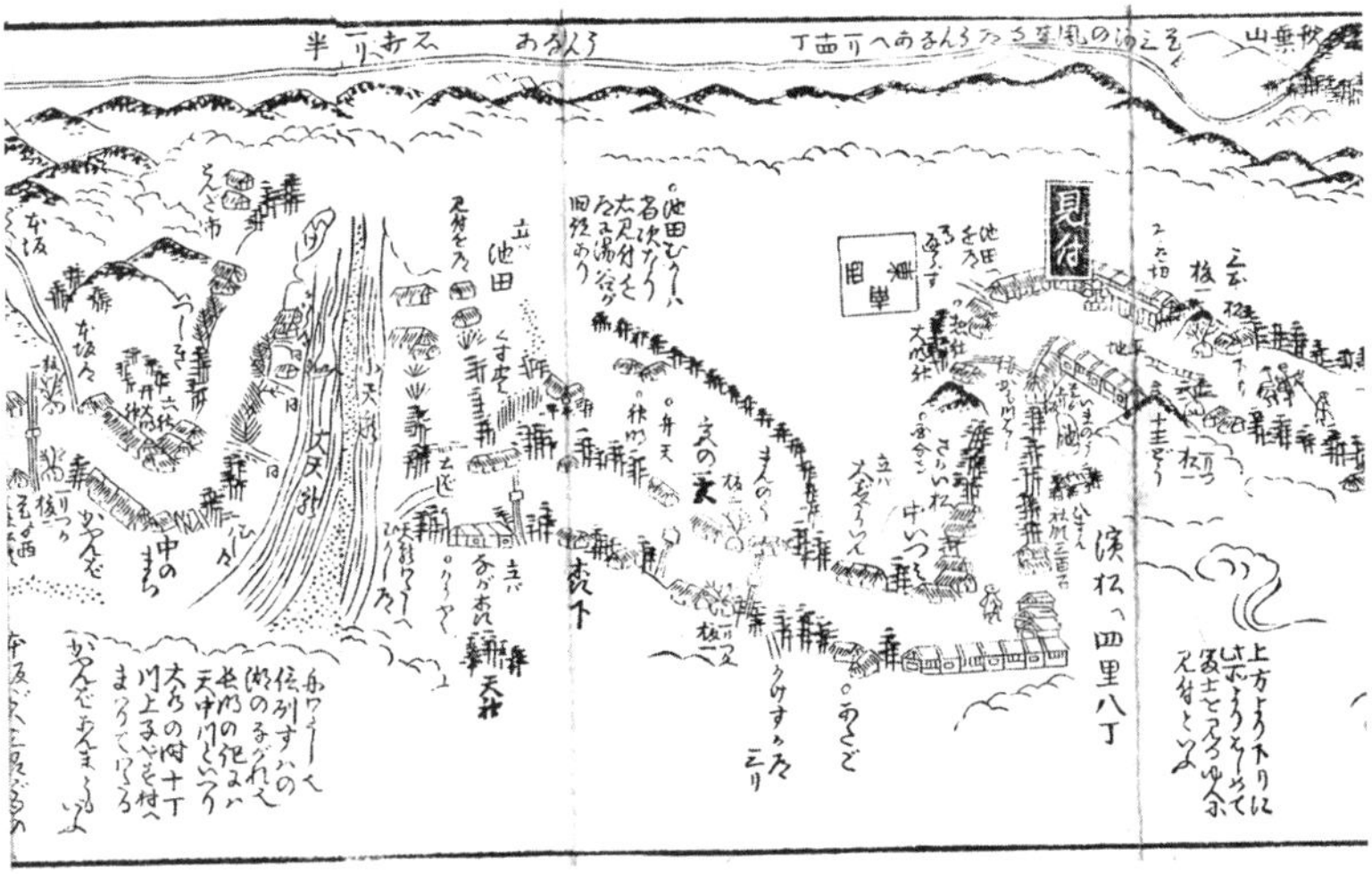

中にゆり込棟計り、少し地上に出たるものありとぞ」とある。加西は現在の浜松市笠井の辺りだが、この現象はまさに液状化現象のことと思われる。

天竜川を渡れば浜松宿は間もなく。浜松宿は東海道のほぼ中間点に位置する宿場町である。旅に慣れ、旅を楽しむ旅人も故郷そして家のこと家族のことが気になる頃であろう。

・東海道の旅も間もなく中間点。本書もこの辺りで一寸と筆を矢立にしまいひと休み。浜松以降は『その二』ということで。

川柳旅日記《せんりゅうたびにっき》

その一　東海道見付宿まで

■著者略歴■
山本光正（やまもと・みつまさ）
1944年　東京生まれ
1970年　法政大学大学院修士課程修了
元　国立歴史民俗博物館教授
主要論著
『房総の道　成田街道』聚海書林、1987年
『幕末農民生活誌』同成社、2000年
『江戸見物と東京観光』臨川書店、2005年
『街道絵図の成立と展開』臨川書店、2006年
『東海道の創造力』臨川書店、2008年

2011年9月10日発行

著　者　山　本　光　正
発行者　山　脇　洋　亮
印　刷　㈱熊谷印刷
製　本　協栄製本㈱

発行所　東京都千代田区飯田橋4－4－8
（〒102-0072）東京中央ビル内
TEL　03-3239-1467　振替　00140-0-20618
㈱同成社

ISBN 978-4-88621-575-8　C3321

同成社江戸時代史叢書

①江戸幕府の代官群像
村上　直著
四六判　二六六頁　二四一五円
（97・1）
江戸時代史研究の第一人者である著者が、特定の郡代・代官に視点を据え、江戸幕府の地方行政官たちが、殖産興業を含めた民政をどのように推し進めていったのかを明らかにしていく。

②江戸幕府の政治と人物
村上　直著
四六判　二六六頁　二四一五円
（97・4）
幕府の政治方針はどのようなしくみで決定され、そして直轄領や諸藩の庶民に浸透していったのか。本書は、江戸幕府の政治とそれを担った人々を将軍や幕閣と地方行政の面から考察する。

③将軍の鷹狩り
根崎光男著
四六判　二三四頁　二六二五円
（99・8）
江戸幕府の将軍がおこなった鷹狩りを検証し、政治的儀礼としての色彩を強めていった放鷹制度や、それを通じて築かれた社会関係の全体的輪郭と変遷を描き出した、いわば鷹狩りの社会史である。

④江戸の火事
黒木　喬著
四六判　二五〇頁　二六二五円
（99・12）
火事と喧嘩は江戸の華。世界にも類を見ないほどに多発した火災をとおして、江戸という都市の織りなす環境、武士の都としての特異な行政、そしてそこに生きる江戸市民の生活を浮き彫りにする。

⑤芭蕉と江戸の町
横浜文孝著
四六判　一九四頁　二三一〇円
（00・5）
延宝八年（一六八〇）秋、芭蕉は深川に居を移す。諸説と異なり、その事情を火災に見出す著者は、災害をとおしてみた江戸を描くことによって、芭蕉の深層世界に迫ろうと試みる。

同成社江戸時代史叢書

⑥宿場と飯盛女
宇佐美ミサ子著
四六判　二三四頁　二六二五円
（00・8）

江戸時代、宿場で売娼の役割をになわされた飯盛女（めしもりおんな）たち。その生活と買売春の実態に迫り、彼女たちが宿駅制の維持にいかに利用されたのかを「女性の目線」からとらえる。

⑦出羽天領の代官
本間勝喜著
四六判　二四二頁　二九四〇円
（00・9）

江戸幕府の直轄領として最遠の地にあった出羽天領。ここにも名代官、不良代官、さまざまな代官がいた。彼らの事績をたどり、幕府の民衆支配の実態に迫る。

⑧長崎貿易
太田勝也著
四六判　二九〇頁　三一五〇円
（00・12）

鎖国政策がしかれていた江戸時代において海外との窓口の役割をになった長崎の貿易の実態を探ることにより、江戸時代を商業政策や対外貿易政策の側面からとらえ直す。

⑨幕末農民生活誌
山本光正著
四六判　二五八頁　二九四〇円
（00・12）

江戸時代から明治時代にかけて書きつがれていった、大谷村（現千葉県君津市）のある農家の「日記」をとおし、幕末の農村に暮らす人びとの信仰、旅、教育などの生活風景を描き出す。

⑩大名の財政
長谷川正次著
四六判　二八〇頁　三一五〇円
（01・5）

参勤交代による出費など、大名の財政は藩の大小を問わず厳しいものであった。本書では、信濃国高遠藩の事例を取り上げ、いかに財政難に対処したのかを検証し、大名の経済事情を明らかにする。

同成社江戸時代史叢書

⑪幕府の地域支配と代官
和泉清司著
四六判　二八二頁　三一五〇円
（01・10）

近年著しい進展をみせる代官研究の成果のうえに、幕府成立期から幕末までをとおして、全国に展開した幕領とそれを支配した代官を通覧し、近世における地方行政の全体像を構築する。

⑫天保改革と印旛沼普請
鏑木行廣著
四六判　二四二頁　二九四〇円
（01・11）

天保期の大事業、印旛沼堀割普請について書き残された日記を元に、普請に関わった役人や人夫、商売人などさまざまな階層の人びとの生活を描くことにより、当時の社会像を浮かび上がらせる。

⑬江戸庶民の信仰と行楽
池上真由美著
四六判　二二四頁　二四一五円
（02・4）

江戸時代後期に起こった空前の旅ブームのなかで、江戸の庶民は、遠くは伊勢に、近くは大山や江の島に参詣の小旅行に出かけた。彼らはどんな意識で、どんなスタイルの旅を楽しんだのだろうか。

⑭大名の暮らしと食
江後迪子著
四六判　二四〇頁　二七三〇円
（02・11）

江戸時代、大名たちの食卓は想像以上に豊かなものだった。魚介類、野菜類、そして肉類、さまざまな食材に彩られた。薩摩藩・島津家にのこる諸史料から、彼らの暮らしぶりの諸相に迫る。

⑮八王子千人同心
吉岡　孝著
四六判　二〇八頁　二四一五円
（02・12）

近世を通じて百姓と武士の中間にあった八王子千人同心たち。幕末期に新撰組発祥の母体となり、身分制社会克服のさきがけともなったかれらの一種特異なその実像を、史実にもとづき抉り出す。

同成社江戸時代史叢書

⑯江戸の銭と庶民の暮らし
吉原健一郎著
四六判　二一〇頁　二三一〇円　（03・7）

全国共通の貨幣制度が施行された近世、庶民は現代と同じようにインフレ・デフレに悩み、生活は銭相場の動向に大きく翻弄された。近世を通じての銭相場の変動から庶民生活の実態を追究する。

⑰黒川能と興行
桜井昭男著
四六判　二四二頁　二七三〇円　（03・9）

出羽国黒川村に伝わり、現代まで約五百年にわたり受けつがれてきた黒川能の歴史をたどりながら、近世における興行のあり方を追究し、黒川の人々が芸能をいかに捉え向き合ってきたかを考察する。

⑱江戸の宿場町新宿
安宅峯子著
四六判　二〇〇頁　二四一五円　（04・4）

江戸の発展に合わせるように誕生し、流通の要所として成長をつづけた江戸四宿のひとつ宿場町新宿。本書では、その歴史を経済・環境・リサイクルなどの観点から解き明かす。

⑲江戸の土地問題
片倉比佐子著
四六判　二二三頁　二四一五円　（04・8）

土地問題がつねに重要な政策課題であった江戸時代、大都市江戸の地主たちはどのように土地を入手・所有し、運営していったのか。彼らの生活ぶりにも触れながら、近世土地事情に迫る。

⑳商品流通と駄賃稼ぎ
増田廣實著
四六判　二一六頁　二三一〇円　（05・4）

陸上運輸の手段をもっぱら牛馬の荷駄によっていた江戸時代。その担い手として中心的な役割を果たした駄賃稼ぎたちに焦点をあて、本州中央内陸部の事例から近世における商品流通の実態を追う。

同成社江戸時代史叢書

㉑鎖国と国境の成立
武田万里子著
四六判　一九二頁　二三一〇円（05・8）

支配体制の確立と対外的独立保持を急務とする幕府は、鎖国を必須の政策として選択。それは、国境概念の成立というグローバルな世界への入口でもあった。新視角から捉え直す「鎖国」の実像。

㉒被差別部落の生活
斎藤洋一著
四六判　二七二頁　二九四〇円（05・10）

信州佐久地方の被差別部落に生きた人びとの生活実態と社会的役割を探り、その地域性を明確にするとともに、差別の実像・虚像を明らかにし、近世部落史の全体像に迫る。

㉓生類憐みの世界
根崎光男著
四六判　二五〇頁　二六二五円（06・4）

悪法のイメージをもって世に語られる「生類憐み令」は、世界史上にも稀な動物愛護の政策でもあった。法令の実相と歴史事象を冷徹に分析し、社会悪是正の一端であったこの政策の真意に迫る。

㉔改易と御家再興
岡崎寛徳著
四六判　二二六頁　二四一五円（07・10）

御家騒動から改易された那須与一の同名の子孫が、懸命の努力の甲斐あって一旗本として再興のかなうまでの波乱に満ちた顛末を、関係史料から克明にたどり、元禄という時代背景を照らし出す。

㉕千社札にみる江戸の社会
滝口正哉著
四六判　二四六頁　二六二五円（08・6）

江戸文化を代表するひとつである千社札が、いかなる経過をたどって巨大都市江戸の中に固有な文化社会を形成するに至ったのか。千社札を切り口に江戸文化の本質に迫る。

同成社江戸時代史叢書

㉖江戸の自然災害
野中和夫編
四六判　二七四頁　二九四〇円　（10・4）

江戸時代の大地震、火山噴火や風水害などについて、文献・考古学資料、さらに自然科学的なアプローチも加えて、多角的に検証し、その全容を解明する。

㉗地方文人の世界
高橋　敏著
四六判　二〇四頁　二一〇〇円　（11・7）

東海道原宿（現静岡県沼津市原）の大地主植松家の当主蘭渓が池大雅や円山応挙ら京都画壇の大物との交流を深めパトロンとして活躍する様子を中心に、化政期の地方文人の姿を軽快に描き出す。

㉘徳川幕府領の経営と代官
和泉清司著
四六判　二八〇頁　二九四〇円　（未刊）

徳川政権の政治権力・経済財政基盤たる直轄領、すなわち「公儀御領」。それらにおいて民政を司る実務的官僚としての奉行・郡代・代官達の実態を、詳細に解明する。

㉙川柳旅日記　その一　東海道見付宿まで
山本光正著
四六判　二五〇頁　二五二〇円　（11・9）

交通網の整備により、庶民も寺社参詣などを目的に長旅に出かけるようになった。江戸の庶民たちはどのような旅の日々を送ったのか。数々の旅日記と川柳から当時の旅の様子をいきいきと描く。

〈近刊〉
㉚川柳旅日記　その二　京・伊勢そして西国を巡る　山本光正著